I0597476

Alfa Bravucón

Renee Rose

Traducido por
Vanesa Venditti

Derechos de autor © 2021 Alpha Bully y 2025 Alfa Bravucón de Renee Rose

Todos los derechos reservados. Esta copia es SOLO para el uso del comprador original de este libro. No se puede reproducir, escanear o distribuir ninguna parte de él en cualquier formato, impreso o electrónico, sin el consentimiento previo y por escrito de la autora. Por favor, no participe o estimule la piratería de materiales bajo copyright en violación a los derechos de autor. Compre solo ediciones autorizadas.

Publicado en los Estados Unidos de América.

Romance de Renee Rose.

Renee Rose® is a registered trademark of Wilrose Dream Ventures, LLC

(dba Renee Rose Romance)

Este libro es una obra de ficción. Aunque pueda haber referencias a hechos históricos o lugares reales, los nombres, personajes, lugares e incidentes son el producto de la imaginación de la autora o se usan de forma ficticia, y cualquier parecido con personas reales, vivas o muertas, establecimientos comerciales, hechos, o lugares es pura coincidencia.

Este libro contiene descripciones de muchas prácticas sexuales y de BDSM, pero es una obra de ficción y, como tal, no debería utilizarse como ningún tipo de guía. La autora y la editora no se responsabilizarán por ninguna pérdida, herida, lesión o muerte que resulte del uso de la información contenida en su interior. En otras palabras, ¡no intenten esto en casa, amigos!

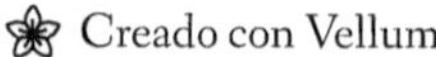 Creado con Vellum

Sin título

Alfa Bravucón (Secundaria Wolf Ridge, Libro 1)

ELLA LO ARRUINÓ TODO… HARÉ QUE PAGUE.

Su mamá le robó el trabajo a mi papá. Le destruyó la vida.

Ahora tengo que verla todos los días.

A la chica de al lado. Una *humana*. Una pequeña nerd sensual.

Ella no pertenece aquí, en Wolf Ridge,

ni en nuestra secundaria y definitivamente no en mi vida.

Ella no sabe lo que soy.

Lo que facilita la venganza.

La pondré de rodillas. Le atravesaré el corazón.

La haré sangrar. Por mí.

Todo por mí.

Libro Gratis de Renee Rose

Quiere un libro gratis de Renee Rose? Suscríbete a mi newsletter para recibir **Padre de la mafia** y otro contenido especialmente bonificado y noticias de nuevos. https://BookHip.com/NCVKLK

Capítulo uno

B*ailey*

Hay una razón por la que ya no conduzco. Una muy buena razón.

Pero momentos como este me hacen desear no convertirme en una tarada que hiperventila cada que vez que siquiera considero ponerme tras el volante. No conducir significa que voy a la secundaria local Wolf Ridge en vez de Cave Hills.

Cave Hills es la escuela preparatoria soñada para las mejores universidades.

Cave Hills es adonde debería estar asistiendo.

La escuela a la que merezco ir.

La escuela a veinticinco kilómetros.

Sin coche, bien podrían ser ciento cincuenta.

Y en este momento en particular, no tener coche significa que estoy jodida.

Porque el autobús acaba de pasar por mi casa.

Escucho el *ktshh* de que frena en mi calle. *¡Diez minutos antes!* Tomo mi mochila del sofá y salgo corriendo por la puerta principal sin lavarme los dientes y con mis zapatillas con calaveras mexicanas sin atar, pero es demasiado tarde.

—¡Espera! —Muevo la mano y lo persigo—. ¡Detente! —Corro media cuadra y me tropiezo con mis zapatillas sueltas.

El conductor *tiene* que verme, aunque no escuche. Los estudiantes en el autobús definitivamente me ven. Me miran fijo por las ventanas. No se ríen. No señalan.

Soy un pez en una pecera. Los entretengo un poco, pero no se sentirán mal si tienen que tirarme por el inodoro en una semana. Malditos racistas. Creerías que ser hispánico en Arizona no me dejaría afuera.

Maldición.

Me agacho para atarme los cordones y paso la tira de mi mochila por mi hombro. Se desliza hacia adelante y me golpea en la parte de atrás de la cabeza. Suspiro y me paro.

Al lado, el dúo dinámico de hermano y hermana, Cole y Casey Muchmore se suben a la camioneta Ford clásica restaurada de los 50 de Cole. Si vieron mi corrida de esta mañana, no lo demuestran.

Pero su papá, por el contrario, está sentado junto a la ventana con una cerveza en la mano y ni siquiera intenta disimular que me está viendo. Siempre está en la ventana del frente, excepto cuando les grita a sus hijos lo suficiente-mente alto como para que escuche todo el barrio.

Ahora mismo juraría que sonríe. Como si acabara de largar una carcajada por verme correr el estúpido autobús. Qué idiota. De tal palo, tal astilla, supongo.

Cole es tan genial como su camioneta y hasta más apuesto. Y definitivamente lo sabe. Lo disfruta. Reina la secundaria Wolf Ridge como si su mierda fuera rosa y no tuviera el olor de venir del lado malo de la ciudad en toda su persona. Como si los vaqueros gastados y rotos con los que prácticamente vive no estuvieran llenos de grasa y mugre por reparar coches.

No, Cole Muchmore no necesita ropa linda, un coche lujoso o ninguna otra cosa que el dinero pueda comprar. Tiene algo que es visto como mucho más valioso. Tiene el estatus que da ser un mariscal de campo estrella. Y en la secundaria Wolf Ridge, eso lo pone cerca de un dios.

Veo mi última posibilidad de llegar a la escuela a tiempo y pienso en pedirles que me lleven.

A diferencia del resto de los chicos en la secundaria Wolf Ridge, los Muchmore no hacen como que no me ven. Me miran mal. Hasta con odio. Los conocí el día que me mudé, me acerqué y me presenté porque salieron a mirar.

Apenas respondieron y me miraban como si tuviera dos cabezas. Tay Swift tiene interacciones mucho más amistosas con Kanye de las que yo tuve con los Muchmore ese día.

Pero ahora mismo necesito que me lleven a la escuela. Incluso si caminara, llegaría tarde a mi examen de español y mi mamá está trabajando. Si ella tiene que salir del trabajo para llevarme, definitivamente me hablará mucho sobre tener que empezar a conducir otra vez.

Además, tiene mucho de qué ocuparse con su nuevo trabajo.

Obligo a mi ansiedad social a correrse a un segundo plano, me apresuro por la acera hasta la esquina y le hago señas a Cole. Él va más lento, pero no se detiene. Su hermana Casey, que va a segundo año y siempre tiene cara de perra, baja la ventanilla.

Cole se inclina por encima de ella. Su cabello oscuro está despeinado, sus labios gruesos forman una sonrisa de costado.

—¿Qué pasa, Rosa, perdiste el autobús?

Rosa.

Se refiere al mechón rosa claro que pasa por el frente de mi cabello oscuro, por supuesto. El apodo y mi desafortunada reacción física hacia la cercanía Cole Muchmore me dejan perdida por un segundo. *Llevarme.* Necesito que me lleven.

Me pongo en puntas de pie para ver dentro de la camioneta y mirar a Cole a los ojos. —Sí, ¿hay alguna posibilidad de que me lleven? Me maldigo a mí misma por sonar como un ratón tímido.

Él se encoje de hombros con una expresión de falso arrepentimiento.

—Perdón, Rosa. Ofrecería llevarte pero no hay lugar.

Mentira. Claramente hay bastante lugar entre los dos hermanos y sólo está siendo un idiota. Escucho su risa fuerte mientras su hermana sube la ventana.

Mi rostro se pone rojo mientras se alejan y se me forma un nudo en la garganta, el calor arde detrás de mis ojos.

No llores. Por esto no.

Guarda tus lágrimas para cosas que importen.

Como Catrina. Como las otras amigas que dejé atrás en Golden.

La charla motivacional no funciona. Dos lágrimas calientes bajan por mi rostro cuando salgo caminando rápido hacia la escuela.

Odio Wolf Ridge. Realmente.

Llego al primer cruce grande y veo la hora en mi teléfono mientras espero el semáforo.

Ah. Definitivamente llegaré tarde.

—¡Ey! —Una camioneta Subaru se acerca hasta mí y se abre la puerta de atrás—. ¿También perdiste el autobús? —Me grita una chica flaca y rubia con el cabello en crestas punk en todas las direcciones. La he visto en el autobús y por la escuela. Está en un año menos que yo, así que no compartimos clases, pero es conocida.

—Sí. —Me tenso, preparada para otro insulto.

—Sube. Mi mamá nos lleva.

Su madre me llama con impaciencia. Ella tiene el cabello decolorado y grasiento, su piel está envejecida prematuramente como alguien que bebe y fuma mucho. El coche apesta a cigarrillos.

Pero alivio y gratitud me chocan como una gran ola mientras entro al asiento de atrás.

—Gracias. Pensaba que llegaría tarde.

—Ya llamé a la escuela para quejarme del maldito conductor, —dice su mamá desde el asiento delantero—. Es una mierda. No pueden llegar cuando quieren. ¡Se supone que sigan un horario!

Murmuro para mostrar que estoy de acuerdo.

—Soy Rayne. —La chica gira en su asiento para observarme. Sus ojos azules son enormes en su pequeño rostro con forma de corazón y tiene un arito en la nariz.

De inmediato decido que me cae bien.

—Bailey.

—Lo sé, —dice, reforzando mi impresión de que en realidad no soy invisible en la secundaria Wolf Ridge. De que estoy siendo aislada de forma activa.

Se me tensa la barriga.

—Gracias por detenerte, —digo—. Cole Muchmore se negó explícitamente a llevarme. No sé por qué lo digo. No suelo quejarme y por lo general me callo mis ideas, pero estoy bastante desesperada por alguien con quién hablar.

Rayne pone los ojos en blanco.

—Cole es un alfa-diota, como todos los otros jugadores.

Se me escapa una carcajada.

—No puedo discutir eso.

Alfa-diota. Es la descripción perfecta para él.

Bueno, puede irse a la mierda. No lloraré por su falta de educación.

Los tipos como él no me provocan absolutamente nada.

Llegamos a la escuela a tiempo y nos bajamos de la Subaru. Los chicos que se bajan del autobús nos miran.

—¿Qué? —Les pregunto en voz alta.

Juraría que piensan que soy algún tipo de alienígena verde del espacio.

Rayne les muestra el dedo y toma mi codo.

—Ignóralos. Todos hacen lo que dicen los alfa-diotas como unos malditos minions.

—Espera... ¿qué dicen los alfa-diotas?

Rayne mira para otro lado, el rosa mancha mis mejillas pálidas.

—Nada. No te preocupes por eso. Esta también es nuestra escuela.

Eh.

Lo que sea que eso signifique. Lo dejo ir. No necesito alejar a la única persona que quiere ser buena conmigo.

—Gracias por detenerte. Y por hablarme. Realmente estuve volviéndome loca aquí. Pensé que quizá todos los chicos eran robots como en una película vieja que me hizo mirar mi mamá en la que todos los tipos habían matado a sus esposas y las cambiaron por reemplazos robot.

El rostro travieso de Rayne muestra una gran sonrisa. Ella levanta una palma como si diera un juramento.

—No soy robot. —Levanta el mentón hacia todos los chicos que entran a la escuela y estiran el cuello para mirarnos—. Aunque puede que ellos sí.

* * *

Cole

Me siento en mi silla en la clase de periodismo unos segundos después de que suena el timbre. Claro que la humana, la perra que se mudó al lado, ya está sentada en el escritorio junto a mí, charlando con el profesor como una chupamedia. Percibo su aroma a miel y canela cuando me siento y se me tensan las bolas.

—Patrulla nerd, —murmuro cuando el Sr. Brumgard se aleja de su escritorio. Oí que está haciendo un curso de literatura avanzada en línea y usa esta clase como optativa. Dobles créditos de lengua. Maldita maníaca.

Se le resbala el bolígrafo, probablemente porque la puse nerviosa, y se cae al suelo. Mi amigo Austin automáticamente se agacha para levantarlo, me ve mirándolo mal y se da cuenta de a quién le pertenece. Se endereza sin levantarlo.

Bien. El rey de la secundaria Wolf Ridge sigue en su mandato. Nadie le hablará a Bailey, y mucho menos la ayudarán, a menos que levante mi veto. Le doy otro mes hasta que se transfiera a una escuela de los de su tipo.

Ella se inclina hacia el pasillo para buscarlo, pero lo pateo, obligándola a perder el equilibrio y caerse a medias del asiento, balanceándose con una mano. Puedo ver su muslo descubierto cuando se levanta su vestido corto y un gruñido sale de mi garganta.

¿Qué carajos me está pasando? No me atraen las de su especie.

Señorita Perfección con esos vestiditos y zapatillas de calaveras. La miro mal y deseo que mi atracción por ella muera. Por desgracia, la forma en la que hoy sus pechos estiran su vestido corto con lunares me la pone dura. Lo que me hace odiarla aún más.

Incluso si no estuviera la situación con sus padres, diría que no pertenece aquí. Es demasiado inteligente. Demasiado nerd-sensual. Demasiado serena para alguien a quien están activamente aislando en la escuela.

Y de alguna forma mil veces peor que su cerebro y actitud estén envueltos en ese hermoso paquetito jugoso.

El Sr. Brumgard termina de tomar lista y luego dice,

—¡Prueba sorpresa sobre la lectura que asigné ayer!

La clase se queja. Todos menos Bailey, quien obviamente no puede esperar a mostrar que hizo la tarea. Brumgard se para y empieza a dejar hojas boca abajo en cada escritorio.

Mis ojos se ponen en blanco por la frustración y me reclino en mi asiento. Esto es una mierda. No hay forma en que vaya a aprobar y el primer juego es el viernes. Lo que significa que me pondrán en la banca. Lo que significa que todo el equipo y el entrenador Jamison me matarán.

Mis compañeros de equipo me miran con ese tipo de pregunta desesperada en sus ojos. Niego con la cabeza y un quejido bajo colectivo recorre la habitación. No sólo son mis compañeros, sino también el resto de la clase.

Los deportes son muy importantes en la secundaria Wolf Ridge. Mucho más que lo académico.

Aunque tenemos que controlar nuestras habilidades con humanos, todos los estudiantes quieren vernos ganar. Siempre damos un buen espectáculo de jugar con el otro equipo y salir con una actitud creída al campo.

—Tienen siete minutos para completar la prueba sobre las lecturas de anoche, —dice Brumgard y mira su teléfono—. Pueden comenzar.

El sonido de movimiento de papeles llena la habitación

cuando todos dan vuelta sus pruebas. Tomo mi lápiz y miro las palabras, sin siquiera comprender lo que estoy leyendo.

Mi mente piensa en posibles resultados de esta situación. Casi todos terminan en que me pongan en la banca por no mantener el promedio de C y enfrentarme con la ira de toda la escuela.

Pero nada de eso se compara con la tormenta de mierda que me dará mi padre en casa cuando se entere.

Lo que es irónico porque la razón por la que no hice la tarea toda la semana fue estar trabajando hasta tarde en el garaje de mi tío Bob para pagar la comida, ya que mi papá está demasiado borracho y deprimido para levantar el trasero y encontrar otro trabajo.

Mi mirada se mueve hacia Bailey. La chica que no soporto.

Ella ya va tres cuartos de la prueba. Y lo más importante es que todavía no se ha tomado el tiempo de escribir su nombre en el encabezado.

En uno de mis mejores movimientos de idiota, muevo la mano para tomar su prueba mientras el profesor está de espaldas. Paso mi prueba en blanco hacia su escritorio.

Sus mejillas se ponen rojas y su boca está abierta, pero antes de poder producir sonido alguno, todos los estudiantes a nuestro alrededor la miran mal, al estilo de una manada unificada.

Puede que sea humana, pero nuestra biología es lo suficientemente parecida para que sienta la presión. Cede o muere. Es la mejor dominación y dinámica de manada de lobos. Y soy su alfa.

Sus labios se cierran. Su mandíbula se tensa. Me mira con ganas de asesinarme, pero se acomoda sobre el papel y empieza a responder con furia.

La victoria que explota en mi pecho tiene más que ver

con hacer que Bailey ceda que con resolver mis problemas de notas. He estado muriéndome de ganas de ponerla de rodillas desde que tuvo la *audacia* de mudarse al lado.

Sonrío y escribo mi nombre en el encabezado de su hoja y adivino las respuestas que no respondió. Incluso si alguna está mal, aprobaré.

Rosa es una estudiante de A. Puede que esté en un nivel de semi-genio. Ella no pertenece en Wolf Ridge como su madre no pertenece en la cervecería.

Pero mi punto es que todas sus respuestas estarán bien. Y todo lo que necesito es una C.

La miro terminar su prueba, la que solía ser mía, con el entrecejo fruncido, los labios apretados en una línea tensa.

—Es hora, —dice el Sr. Brumgard—. Dejen los lápices. Pasen las pruebas hacia adelante, por favor.

Ella me mira con furia otra vez antes de pasarlo y yo muevo las cejas, desafiante, alentándola a hacer algo al respecto.

No lo hará, y ambos lo sabemos.

Un punto para el alfa bravucón.

Humana perdedora: cero.

Capítulo dos

Bailey
La furia arde en mi garganta, me ciega cuando salgo de la clase de periodismo.

Cómo se *atreve* Cole Muchmore. Literalmente se acaba de robar mi prueba frente a toda la clase y se salió con la suya. Está chocando los puños con sus compañeros de equipo, los otros alfa-diotas, como los llamó Rayne.

Como si convertirme en la paria social no fuera suficiente, ¿ahora se roba mi trabajo?

No puedo creer que lo *dejé* salirse con la suya.

¿Qué me sucede? ¿Estoy tan desesperada por amigos que sacrificaría mi educación y futuro sólo para no hacer enfadar a alguien? Debería haberlo delatado. Ya me odian. He sido una marginada social, sólo yo por semanas.

¿Y qué carajos les sucede a todos los chicos en esta escuela que piensan que ayudar a la estrella de fútbol a hacer trampa es lo correcto?

Idiotas.

Agacho la cabeza para esconder las lágrimas que nublan mi visión mientras ingreso la combinación de mi casillero.

Me lleva cinco vueltas antes de calmarme lo suficiente como para siquiera ver los números. Tres intentos más para abrirlo.

Ni bien se abre la puerta, se cierra de golpe, una mano grande la presiona allí.

Por supuesto que sé exactamente de quién es esa mano.

—Gracias por la ayuda, Rosa. —Cole se para detrás de mí y se inclina cerca para hablarme bajo en la oreja, como si esto fuera una conversación privada de amantes y no más acoso por parte del idiota más grande de la escuela.

Su voz es grave y resuena en lugares secretos en donde no pertenece.

—Vete a la mierda, Cole, —le digo de mala manera. No suelo maldecir, sobre todo no en la escuela, pero esta situación lo amerita.

Supongo que igual sigo siendo una gallina porque no volteo, no quiero ver a mi verdugo a la cara. Me pego aún más a los casilleros para evitar que se frota contra mí, pero sólo se acerca más y ahora tengo olores y sensaciones que me acecharán junto a su rostro sonriente.

Busca ser intimidante y está funcionando, pero mi cuerpo lo registra como algo muy distinto.

Algo extraño, pero primitivamente conocido. A un nivel biológico, mierda de cerebro de mono que hace que mi parte inferior esté inadmisiblemente mojada. Porque no hay forma de que me parezca sensual su postura de cerebros de músculo.

Pero apesta que sea ardiente como Jacon Elordi. Las cosquillas corren por la superficie de mi piel. Miro hacia abajo. Escalofríos. Me está dando escalofríos por sólo estar parado demasiado cerca. No tengo que mirar hacia abajo para saber que mis pezones están chocando contra mi vestido a lunares preferido. Lucho contra la necesidad de cruzar los brazos sobre mi pecho. No tiene que saber cómo me afecta.

Es grande. Fuerte. Su voz es grave. Su aroma es de jabón de cedro y bondad masculina. Su atrevimiento me provoca algo de cosquilleo en mi centro.

—Aquí tienes, —su otra mano aparece frente a mi rostro. No la que mantiene el casillero cerrado y me enjaula, sino una al otro lado de mi cabeza. Me ofrece una goma de mascar de canela.

—¿En serio? —Tomo la goma de mascar y volteo, demasiado enojada ahora para evitar una confrontación cara a cara—. ¿Un pedazo de goma de mascar? —La sostengo entre nuestras narices y maldigo a mi mano por temblar—. ¿Este es el precio de tomar la prueba de alguien por aquí?

La feroz mirada marrón de Cole me atraviesa. Veo el odio en sus ojos antes de que pestañee y finja que no le importa un carajo. Se acomoda para apoyar un hombro contra mi casillero. —Bueno, como sabes, eso es todo lo que puedo pagar... ya que tu mamá le robó el trabajo a mi papá y todo eso.

Todo el ruido de mi cabeza se acalla. Se me hace un nudo en el estómago y me quedo sin aliento.

—¿Qué?

—Sí. Supongo que tiene mucho talento, ¿no? ¿Tu mamá? De la cervecería Coors a Colorado. —Él se encoje de hombros—. Mi papá no pudo competir con eso.

Me tiemblan las rodillas. Mi boca se abre y se cierra como un dispenser PEZ vacío, pero no encuentro la forma apropiada de responder.

No importa. Cole ya se alejó y la multitud se separa para dejar que pase el rey.

¿Piensa que mi mamá tomó el trabajo de su papá?

¿Por eso Cole y Casey Muchmore me odian? Por eso he

sido la excluida social aquí estas últimas ocho semanas. Por eso no puedo sonreír y decirles «hola» a la gente en los pasillos o baños, ni siquiera los de primer año me asienten con la cabeza.

No tenía idea de que era personal.

Entenderlo debería darme alivio, pero sólo me da un dolor de vacío en la boca del estómago. A menos que el padre alcohólico, bueno para nada de Cole y Casey Muchmore consiga otro trabajo, seré la enemiga pública número uno.

Y ni siquiera es mi culpa. Ni siquiera es la culpa de mi madre.

La contrataron después de que la Cervecería Wolf Ridge tuviera un lío tremendo con la FDA y la cerraran. Y sí, mi mamá dijo que las cosas eran un desastre total cuando llegó. Como que no había medidas para prevenir desastres de contaminación. Eso significa que el papá de Cole y Casey era terrible en su trabajo; no me sorprende que lo perdiera.

Puedo ver por qué mudarnos al lado sería como echarle sal a una herida abierta, pero mi mamá no robó el trabajo de su papá. Y si lo hubiera hecho, ¿cómo llega su retorcido cerebro de Neandertal a culparme a mí porque su vida se haya vuelto una mierda?

Conozco bastante lo que es que de repente tu vida se vuelva una mierda. No me ven joder a extraños como venganza.

Con dedos temblorosos, ingreso la combinación en mi casillero una vez más y saco mi mochila para ir a almorzar, el período que más odio del día. Cuando intento encontrar algún lugar donde sentarme sola y hacer la tarea mientras como un sándwich.

—Entonces hiciste la prueba del alfa-diota por él, ¿no?

Volteo para encontrarme con Rayne para allí. Su rostro amistoso es un bálsamo para mis emociones expuestas; quiero poner mis brazos a su alrededor y apretarla. Pero me contengo. No quiero asustar a mi única amiga con mi desesperación por contacto humano.

—¿Las noticias viajan rápido?

—Sip. Así es Wolf Ridge. Lleva unos cinco minutos difundir las últimas noticias. Sobre todo cuando tienen que ver con el mariscal estrella.

—¿El fútbol es tan importante? No lo entiendo.

Ella se encoje de hombros y camina a la par conmigo.

—Wolf Ridge llega a las competencias estatales en casi todos los deportes. Somos reconocidos. Pero Cole es especial; entretiene en el campo. Juega un poco con el equipo contrario. Como al gato y el ratón. Es legendario. Entonces si lo hubieran dejado en la banca por malas notas esta semana, todos lo habrían sufrido. Sé que no tuviste opción, pero acabas de convertirte en una heroína olvidada.

—Acabo de convertirme en el hazmerreír de la escuela y en un objetivo para todos los bravucones.

—Nah, sólo Cole.

—¿Entonces tienes que ser bueno en los deportes para ser popular?

—Sip. —Ella pasa las manos por su cuerpo con una sonrisa triste—. Supongo que sabes por qué no me coronarán la reina del baile de bienvenida.

Tengo la necesidad urgente de robar la corona del baile antes de que la entreguen este fin de semana, sólo para dársela a Rayne. Y esa idea me hace sonreír.

Ella me codea.

—No es tan gracioso.

Su sonrisa crece más.

—No me río de ti, lo juro. Sólo pensaba lo divertido que sería arruinar la competencia.

Ella me devuelve la sonrisa. Me lleva al otro lado de la escuela, donde hay unos árboles que no había visto antes.

—Aquí me gusta esconderme durante el almuerzo. —Ella pone su espalda contra uno de los árboles.

Me siento para unirme.

—Es mucho mejor que los lugares que probé.

Es verdad. Ella encontró el único espacio de naturaleza real en el campus donde el aire es un poco más fácil de respirar.

—Entonces Cole piensa que mi mamá le robó el trabajo a su papá, —digo sin pensar, sin poder sacármelo de la cabeza.

Rayne levanta las cejas.

—¿No lo sabías?

Suspiro. Bueno, Wolf Ridge *es* así de pequeño e interconectado.

—Pensé que todos me odiaban porque soy hispánica.

Ella escupe el jugo, riéndose.

—Eso es gracioso.

—Bueno, *es* bastante homogéneo aquí. Y yo no encajo. Deberías ver cómo nos mira por la ventana el papá de Cole. Juro por Dios que pensé que él o algún otro vecino llamaría a ICE esperando que nos busquen por la noche sólo porque nuestro apellido es Sánchez.

Rayne se ríe tanto que caen lágrimas de sus ojos.

—No. —Ella se limpia la humedad—. Aquí no estás combatiendo racismo.

La forma en la que alarga el *racismo* me hace pensar que hay algo más. Algo además de que mi mamá se quedó con el trabajo del papá de Cole, pero que no puedo para nada entender qué es.

Ella se pone un mechón de cabello rubio-blanco detrás de la oreja y veo rápido un tatuaje azul en la parte interna de su muñeca.

—¿Qué es eso? —Pregunto, señalándolo.

Ella me muestra una pequeña huella.

—Muy dulce. ¿Es para recordar a un perro?

—En realidad es la huella de un lobo.

—¿Los lobos son especiales para ti?

Ella lo esconde en silencio y agacha la cabeza.

—No. Sólo para Wolf Ridge. Es estúpido. —Se sonroja bastante—. Desearía no habérmelo hecho, pero es demasiado tarde.

—Me gusta. —Tengo una idea, una que me emociona por primera vez en meses. Una forma de conmemorar a Catrina—. Quiero hacerme uno. ¿Te lo hiciste en la ciudad?

—Sip. En la tienda de tatuajes Huella de Lobo.

—Oh por dios. ¿Por eso te hiciste una huella de lobo? ¿Es gratis cuando eres una publicidad andante para ellos?

Rayne se ríe.

—No, pero supongo que allí tuve la idea, sí. Pero tienes que tener dieciocho o permiso de tus padres.

—Bueno, mi cumpleaños es mañana. —Sonrío—. ¿Quieres venir?

Ella se ilumina.

—Definitivamente. ¿Qué te tatuarás?

Me trago el nudo que de repente se formó en mi garganta. Supongo que no puedo hablar de ello todavía. En vez de eso, me encojo de hombros para generar misterio.

—Ya lo verás.

* * *

Cole

· · ·

—En serio, no puedo creer que hicieras que la humana haga la prueba por ti. —Wilde, nuestro capitán de equipo, me golpea en el hombro en el vestuario después de las duchas —. Eso fue tan Gucci.

—Basta con lo de Gucci, amigo, —dice Bo—. Tú no distinguirías a Gucci de *Fruit of the Loom*, pendejo.

Hay un coro de risas de los más chicos, evidencia de que continuamente me halagan.

—Sí, creo que Bailey Sánchez me debe mucho más que un aprobado en una prueba sorpresa, —digo.

Austin hace un sonido de no estar de acuerdo a mi lado.

—¿Qué? —Exijo saber.

Él se encoje de hombros y mira hacia otro lado; reconoce que soy el alfa de su equipo y grupo de amigos, aunque no sea el capitán. Aunque no sea el más grande.

Definitivamente soy el más malvado, y todos lo saben.

—¿Por qué está aquí? —Pregunta Bo—. Recursos Humanos de la Cervecería debería haber alentado a su mamá a enviarla a Cave Hills con el resto de los humanos.

Niego con la cabeza, la miseria de los últimos meses me invade. Mi papá bebe cada vez más. Se pelea conmigo y con Casey. Está en una espiral progresiva mierda-bulosa. Las cosas andaban mal antes de que llegara Bailey Sánchez, pero que se mudara al lado las hizo infinitamente peores.

—No lo sé, pero haré que se arrepienta de eso.

—No lo sé, creo que es sensual, —dice lascivamente Slade.

—Cállate, Slade, —advierte Austin. Slade es el que no entiende nada de nuestro grupo. De alguna forma no notó que, a pesar de mi intenso desagrado por Bailey, también me pasan cosas con ella.

Pero sigue, sin tampoco escuchar la advertencia.

—Lindas tetas y esos vestiditos. Y esos ojos grandes la hacen verse como una pequeña muñeca mexicana...

—No hables de sus tetas. —Volteo y le pego un cabezazo. Se escucha un crujido fuerte de cartílago y hueso.

Él se cubre la nariz.

—¡Aw, mierda!

Wilde y Bo se meten entre nosotros por si seguimos. El entrenador Jamison tiene una regla estricta de no pelear; una que me costó seguir este año.

De tal palo, tal astilla, supongo.

Me inclino hacia la izquierda para ver el marco grande de Wilde y señalar a Slade con el dedo.

—No la vuelvas a nombrar. Es mía.

—¿Qué? —Slade todavía no me sigue—. Pensé que la odiabas.

—Es mía, —repito con firmeza—. Mía para atormentar y lo disfrutaré mucho.

Mis cuatro amigos niegan con la cabeza como si me tuvieran pena.

—Eso es retorcido, amigo, —dice Austin.

Slade finalmente se da cuenta de que tiene que tener la boca cerrada. Se encoge de hombros y se vuelve a acomodar los huesos de la nariz. Se sanará para mañana; esa es la gloria de ser transformista.

—Hablando de HILS, humanas a las que me gustaría hacérselo, deberías ver a la chica de Cave Hills que vino a la tienda ayer —Bo chifla bajito y es claro que intenta calmar la tensión . Un cuerpo genial y una actitud que hacía juego. Pero es problemática. Creo que el coche que trajo para pintar era genial.

—Espera... —dice Salde, finalmente se pone al día e

ignora el comentario mucho más interesante de Bo—. ¿Entonces *sí* quieres hacérselo a Bailey?

Es una pregunta simple. No estoy seguro de por qué la respuesta parece ser tan complicada.

Cuando no respondo, Bo añade,

—¿Por qué no simplemente se lo haces si te afecta tanto? Sácalo de tu sistema.

¿Eso es lo que necesito? ¿Hacérselo con odio a la chica de al lado hasta sacarla de mi sistema?

La verdad es que nunca me masturbé pensando en una humana. Eso es hasta que llegó Bailey y su cuerpo nerd y sensual.

Tiene curvas en todos los lugares correctos y ese mechón ancho y rosa me provoca algo. Actúa como una niña buena de puras A, pero ese mechón me dice que en el fondo es rebelde.

Y Slade tiene razón. Sus grandes ojos oscuros contra su piel pálida la hacen verse como una muñeca. Una muñeca a la que quiero hacerle cosas malas.

Quizás poner mis manos en ese cuerpito que tiene sería la cura de esta mierda. Puedo ponerla en su lugar mientras ambos lo disfrutamos.

No necesito que se mude; necesito ponerla debajo de mí. Necesito escucharla rogar. La necesito de rodillas, con la boca llena de mi verga. O atada, boca abajo en la cama. Quizás boca arriba, mi mano alrededor de su garganta mientras se lo hago a esa vagina pequeña y apretada.

Estoy seguro de que es virgen.

Es una chica muy perfecta para no serlo.

Hmm. Arruina a la hija podría ser el castigo perfecto para la humana que tomó la dignidad de mi papá.

No es un mal plan. Ajusto mi miembro mientras la idea se asienta y empieza a dar vueltas.

—¿Hola? ¿Cole? —Wilde mueve una mano frente a mis ojos. Supongo que he estado mirando fijo.

—Ya se lo está haciendo en su mente, —se ríe Bo.

—Sí. —Me separo de los casilleros—. Definitivamente planeo hacerlo.

—Sólo haz que sea legal, amigo, o Alfa Verde te arrancará las bolas. Conoces las reglas, —advierte Austin.

La bilis llega a mi garganta.

—¿Están sugiriendo que la *violaría*?

La idea me nubla la visión y mi lobo mientras sus colores. Puede que sea un idiota, ¿pero mis propios amigos creen que iría tan bajo? No hay forma en la que apoye la violación. Nunca. Tengo una hermanita. Mataría a cualquier idiota que la obligara. A ella o a cualquier chica de este colegio. Puede que la odie, pero mierda. Los lobos son protectores por naturaleza y hay un código de honor del que ni yo me alejaría.

Austin da un paso atrás. También Wilde. Bo se baja del banco y también me esquiva.

—Guau, perdón. Bien. Sólo quería asegurarme. —Austin levanta las manos.

Me alejo y me pongo la ropa, sigo enfadado.

—Lo siento, amigo. Definitivamente no quise decir... —intenta Austin.

—Vete a la mierda.

—Sí, bien. Me iré. Sigo siendo tu mejor amigo.

Le muestro el dedo por encima del hombro. Lo sé, muy maduro.

Pero llamarnos mejores amigos cuando estamos en el último año de la secundaria también es bastante infantil. Es verdad. Austin ha sido mi compañero en el crimen desde que éramos cachorros y nuestras madres enseñaban juntas en la primaria. Y en realidad, lo que está diciendo es que me sigue apoyando. Sin importar lo idiota que sea.

Todos lo hacen. Porque saben qué está pasando en mi casa.

Y esa es la única compensación de vivir en manada.

Tomo mi mochila y salgo.

Casey me espera, aunque su práctica terminó una hora antes que la mía. Como estudiante de segundo, mi hermanita ya es una estrella del equipo de vóley, lidera a la escuela en lo que será otro campeonato estatal.

No hay porristas putas en esta familia, le gusta decir a mi papá. Lo que es un insulto para mi mamá que fue porrista capitana cuando él era la defensa estrella en Wolf Ridge.

Casey se sube a la cabina de la camioneta y se recuesta, mirando por la ventana. Enciendo el motor y conduzco. No hablamos. Apenas nos tenemos en cuenta. Esta es nuestra rutina.

Casey podría haber vuelto con alguno de sus amigos. No tiene que esperarme para que la lleve a casa. Pero lo hace. Y no es porque quiera pasar más tiempo con su hermano mayor. O porque en serio le guste quedarse después de la práctica.

Es porque no quiere volver a casa sin mí para protegerla.

Capítulo tres

Bailey

ailey

Tatuarte del lado de adentro de la muñeca duele más de lo que esperaba. El diseño es exquisito: el icónico Día «Catrina» de la calavera muerta está saliendo igual que como lo dibujé, sólo que mejor porque ahora está tatuado por siempre en mi cuerpo. El nombre de Catrina está en un pequeño cartel por debajo.

Pero el dolor. Maldita sea. Es todo lo que puedo hacer para no llorar mientras el tipo trabaja en mi muñeca y todo mi cuerpo está tembloroso y débil.

Pero valdrá la pena. Necesitaba hacer algo para inmortalizarla y no había sabido qué hasta que vi la pequeña huella de Rayne.

Estoy sentada en frente de la ventana principal de la pequeña sala de tatuajes. Supongo que les gusta mostrarle al mundo sus clientes. Como si ya no sintiera que vivo en una pecera en Wolf Ridge. Rayne descansa en una silla a mi lado y mira videos graciosos de YouTube para mostrármelos.

—Mira este, es la versión traducida con Google de *Bad Guy* de Billie Eilish. —Ella mete el teléfono debajo de mi nariz y miro la parodia, me río con las letras mal interpretadas como *"I'm a baaaaad cat."*

Sonrío, aunque hago una mueca.

—Creo que necesito algo más gracioso.

—Realmente te duele, ¿no? —Rayne me mira con más curiosidad que empatía, lo que me molesta porque estoy sudando del dolor.

—Está atravesando mi piel múltiples veces con una aguja llena de tinta. Sí, duele. ¿No te dolió cuando te hiciste el tuyo?

Ella se encoje de hombros.

—No lo recuerdo.

El tatuador, Eric, un tipo largo y flaco con aritos y el cabello corto, mangas llenas de tatuajes en ambos brazos, mira a Rayne como si compartieran algún secreto. O estuvieran de acuerdo en que soy una llorona.

Quizás lo sea. Resoplo. Merezco este dolor.

Por Catrina.

—Uh oh. —Rayne gira su silla para que la parte de atrás de a la ventana—. No mires ahora.

—¿Qué? Oh.

Mierda.

Todo el equipo de fútbol de WR está corriendo hoy en la plaza de la ciudad. Qué afortunada soy.

—¿Disculpa? —Le digo al tatuador—. ¿Podríamos, em, mirar para el otro lado?

Pero es demasiado tarde. Están pasando por aquí y veo que las cabezas de los miembros del equipo giran de mí a Cole, quien está en el medio. Él me mira y da un rápido para atrás, casi saca la manija de la puerta con el impulso. Dos de sus amigos se detienen con él.

Cuando abre la puerta, uno de ellos dice,

—Amigo, no. El entrenador Jamison nos matará si desapareces.

—Estaré con ustedes en un segundo. —La sonrisa de Cole es malvada.

Las mariposas se mueven con pánico en mi estómago, se chocan con mis costillas y hacen que mi pulso se acelere.

Cole se acerca. Sus músculos estiran su camiseta blanca. Apenas está sudando, aunque estaba corriendo bajo el sol de la tarde. En Colorado sería un otoño frío en octubre, pero parece que en Arizona no les llegó la información de que es otoño.

—Huele a dolor aquí. —Él camina en mi dirección, se regocija y la felicidad irradia de cada línea de su cuerpo atlético. Sus ojos marrones brillan—. Dolor y... —huele el aire, luego se gira rápido para ver a Rayne— miedo. Él se lanza sobre ella, toma los dos apoyabrazos de su silla y la atrapa.

Ella se estremece.

Tiene razón. Luce totalmente aterrada.

—¿Qué estás haciendo aquí, Rayne-a?

Ella se hace más chica en su silla, sus ojos están grandes.

La ira hace que supere mi propia sensación de intimidación.

—Aléjate de ella, maldito, —digo de mala manera.

Él la mantiene enjaulada, pero de a poco gira el rostro hacia mí.

—Rayne-a y Rosa. Supongo que van bien juntas, —pero frunce el ceño y, para mi alivio, se aleja de Rayne.

Ni siquiera me importa que venga hacia mí. Puedo con él.

—¿Qué sucede, Muchmore? —Eric murmura algo, mira hacia Cole de reojo. Genial. Hasta los dueños de negocios locales se sienten intimidados por este chico de secundaria.

Así es.

Cole se pone detrás de él y me observa.

—Estás sufriendo, Rosa. Que florcita delicada eres, ¿verdad?

Pongo los ojos en blanco.

—Probablemente te excite ver a alguien sufrir, ¿no es así?

—Sólo a ti, Rosa. —Él sonríe y se aprieta el miembro por encima de sus pantalones cortos deportivos.

Sigo el movimiento con mirada antes de poder evitarlo. Oh dios. Tiene un gran paquete, y sí... se asoma.

Y sólo con eso, mi cuerpo decide que ahora es el momento de convertirme en mujer. Otra vez. Necesito tener una charla seria con mi cuerpo y lo que considera que son interacciones sexuales sanas. Las hormonas adolescentes son lo peor.

O sea, en serio, a esta altura me consideraba un poco asexual. He besado a algunos chicos. Besé a algunas chicas. Con ninguno sentí mucho.

Pero ahora mismo es como si me hubieran encendido con un fósforo. El calor me hace cosquillas en la piel. Mis pezones forman pequeñas puntas dolorosas.

Y por desgracia, Cole lo nota. Sus fosas nasales se abren antes de que su mirada aterrice sobre mis pezones, que están puntiagudos debajo de mi *bralette* de encaje y margaritas.

—¿A quién la excita sufrir? —se burla.

Mi rostro se sonroja, y no sé qué decir cuando me vuelvo aún más consciente de lo tensos que están mis pechos. Del calor latiente entre mis piernas.

—Vete al carajo, Muchmore.

Síp, muy maduro.

Eric deja de tatuar mi piel y se aclara la garganta, como si quisiera decirle algo a Cole, pero no se animara.

—Tómate un descanso, —le ordena Cole y el tonto miedoso se aleja de inmediato, me deja totalmente expuesta y sola al ataque de Cole.

Y él ataca, sólo que no es cómo lo espero.

Se acerca, toma los brazos de la silla como lo hizo con Rayne.

—Es bueno que te guste el dolor, florcita. Porque planeo hacerte sufrir.

Es una amenaza, pero sus ojos tienen párpados cansados. Como si la idea le provocara un éxtasis sexual.

Y por alguna razón, mi cuerpo responde a su cercanía. Un latido entre mis piernas va al mismo ritmo que mis latidos.

Él se acerca aún más, tanto que creo que me morderá o algo, pero todo lo que hace es inhalar profundo, su nariz al costado de mi cuello.

Cuando se aleja, sus ojos lucen extraños. Más dorados que cafés. Sacude su cabeza rápidamente y exhala. Toma mi mano y observa la tinta, como si la usara como distracción.

—¿La Señora Perfección se tatúa? No puedo creerlo.

Estoy demasiado sorprendida para responder. Demasiado fuera de lugar. Demasiado vulnerable.

—No creería que tu mamá puritana fuera a firmar un permiso para que la chiquita perfecta se marque.

—Hoy cumple dieciocho, —ofrece Rayne.

La miraría mal, pero estoy ocupada estudiando los ojos de Cole, que ahora volvieron a ser cafés. ¿Imaginé que se habían vuelto dorados? Debo haberlo hecho.

Las cejas de Cole se levantan.

—¿Es tu regalo de cumpleaños, entonces? ¿Estabas esperando poder tatuarte?

No sé por qué su interés causa tanto movimiento en mi pecho. Intento alejar mi muñeca, pero no la suelta.

—¿Qué es esto? ¿Una calavera? —Inclina la cabeza, me observa, luego vuelve a mirar el tatuaje—. ¿Algún tipo de herencia mexicana? —De nuevo, observa mi rostro—. ¿O alguien murió?

Juraría que no muestro nada, pero se queda atónito.

—¿Quién murió, Rosa?

Esta vez logro sacar la mano.

—Vete de aquí, Cole. —Digo ahogada. El dolor no bienvenido sale a la superficie y claro que no quiero quebrarme delante de mi peor enemigo.

Me salva el que dos de sus grandes amigos de fútbol abren la puerta.

—Cole, vamos. El entrenador todavía no se dio cuenta, pero lo hará, —dice Wilde, el más grande. Creo que es el capitán del equipo de fútbol. Definitivamente es otro alfadiota superestrella en la secundaria WR.

Cole se aleja lento, sigue analizándome con su mirada. Luego voltea y sale con sus amigos, se lleva todo el oxígeno de la habitación con él.

No logro volver a inhalar hasta que están fuera de vista, a la vuelta de la esquina.

—Eh, —dice Rayne.

—¿Qué?

Eric vuelve a acercarse y continúa con su trabajo como si nada hubiera pasado. Esta vez, apenas noto el dolor.

—Creo que tienes más poder sobre Cole Muchmore del que crees.

Se me tensa la barriga, tengo los nervios de punta.

—¿Qué quieres decir con *más poder*?

Ella mira pensativa por la ventana en dirección adonde desaparecieron los chicos.

—Es verdad que no te soporta. Pero eso no quiere decir que no quiera tenerte en posición horizontal.

Desearía que mi reacción a esa noticia fuera repulsión, pero en vez eso una descarga eléctrica pasa por mi centro y un escalofrío me recorre. Eric tensa su agarre sobre mi mano para no arruinar mi tatuaje, luego mira a Rayne y por alguna razón parece una advertencia.

¿Le está advirtiendo no distraerme? ¿O que no me aliente a meterme con Cole?

No es que planee hacerlo.

¿Pero y si Rayne tiene razón? ¿Si Cole Muchmore me desea? Eso lo cambia todo. Si es verdad, si tengo algo de poder. Y puedo usarlo como un arma...

* * *

Cole

Bailey y la pequeña enana defectuosa, Rayne.

Esa es una combinación que no habría hecho. Casi hice que Rayne se hiciera pis encima por romper mi disposición para toda la escuela de no hacerse amigos de la humana, pero la verdad es que no me importa una mierda. Si Rosa quiere ser amiga de la chica más baja de la manada, está bien. Probablemente necesite a alguien con quien hablar.

Pero algo de eso me irrita. Rayne no es lo suficientemente buena para Rosa. Es como dos o tres años menor y no tiene amigos. La dinámica de manada exige que así sea. Si Rosa estuviera en una escuela humana, estaría en un estrato cercano a la cima, ya que es sensual como una bibliotecaria. No se juntaría con una chica como Rayne.

Aunque me gustó la forma en que Rosa protegió a la enana. Es divertido ver que los humanos muestren la misma protección alfa de amigos que usan las manadas. Es probable que no entiendan la biología que está detrás. Pero Rosa tiene agallas, le daré eso.

Corro de regreso al campo, pensando en la tinta nueva de Rosa. Parece que la nerd sensual tiene más capas de las que noté. También ha perdido a alguien. Tiene una herida.

Algunos podrían pensar que me haría querer echarle sal y jugo limón encima, pero no es así.

Ya está rota.

Ya conoce el dolor.

De alguna forma eso satisface a mi parte más enojada. Como si nivelara el campo entre nosotros.

No significa que no quiera todavía bajarla unos escalones. Ponerla debajo de mí. Hacer que me ruegue. Que diga mi nombre. Feliz de darme lo que sea, todo, lo que quiera.

Niego con la cabeza. Sólo la idea me hace caminar más liviano.

Creo que eso puede ser todo lo que necesito. Hacérselo a la humana.

Una vez que haya conquistado a Bailey, que la haya roto por mí, entonces puede dejar ir esto.

* * *

Bailey

No planeaba en ir al juego de bienvenida. Ni siquiera sé por qué estoy aquí.

Porque Rayne me convenció, supongo...

Nos sentamos atrás pero igual tenemos que hacer lugar para llegar a nuestros asientos.

Juraría que toda la ciudad vino a este juego. La gente está vestida de azul y blanco, mueve carteles y pompones.

—¡Bienvenido Wolf Ridge! —Austin, el presidente del consejo estudiantil y uno de los alfa-diotas de fútbol, está parado en el medio del campo con un micrófono—. Antes del juego, anunciaremos a la realeza del baile de bienvenida.

—Maldición, quería robarte esa corona, —le murmuro a Rayne, quien se ríe. Ha estado contándome los chismes sobre todos a nuestro alrededor, quién es quién en Wolf Ridge.

—De la clase de quinto, el príncipe es Alex Shank.

La multitud festeja cuando uno de los jugadores de fútbol corre a buscar su corona.

—Y la princesa de quinto... ¡Chiara Deane! —Más gritos y festejos—. Y nuestro rey de la última clase es... —la pausa dramática es demasiado larga y el público empieza a patalear y gritar—. ¡Cole Muchmore!

—Agh, —Resoplo—. Como si necesitara sumar a su ego.

—En realidad, podría ser el caso, —me dice Rayne, recordándome la falta de trabajo de su padre, lo que hace que sienta una punzada de culpa—.

—Y la reina es... ¡Adriana Drake!

No tengo ninguna opinión acerca de Adriana Drake, la porrista rubia que sale corriendo hacia el campo a buscar su corona. Eso es hasta que pasa sus brazos alrededor del cuello de Cole como si estuvieran anunciando su compromiso. Entonces decido que es una perra engreída sin cerebro que probablemente ni siquiera sepa atarse los cordones.

—Ah, eso es lindo, —dice Rayne de forma seca—. Salieron el año pasado. Parece que el cuerpo estudiantil quiere verlos juntos de nuevo.

Me duele el estómago, una pelota caliente de algo que no es celos se aloja en mi pecho.

No estoy celosa.

Definitivamente no estoy celosa.

¿Por qué estaría celosa de que alguien salga con Cole? Debería parecerme bien la distracción de hacer mi vida un infierno.

Pero razonar conmigo misma no ayuda. No soporto a la porrista que ya decidí que es una perra. Ella busca la corona y se queda pegada a Cole, un brazo alrededor de su cintura.

Es difícil notar desde donde estamos sentadas, pero su postura es de aburrimiento e impaciencia, aunque quizás eso es lo que quiero ver.

Maldición.

Parece que me estoy obsesionando con mi verdugo tanto como él conmigo.

La realeza sale del campo y la banda toca un par de canciones.

Las porristas y las chicas de los pompones forman dos filas fuera de las puertas del estadio desde donde sale el equipo y levantan sus pompones temblorosos por encima para formar un túnel.

La multitud se pone de pie para la gran entrada.

—Iuju, corrieron en un campo, —hago burla en una voz que sólo Rayne puede oír.

Ella me codea en las costillas.

—Contágiate del espíritu. Los juegos son divertidos.

Los juegos son divertidos.

Bueno. Tendré que tomar su palabra.

Miro con detenimiento a los jugadores. Todos lucen igual con sus grandes hombreras y cascos.

—Número veintiséis, —dice Rayne.

—¿Qué?

—Ese es el número de Cole. Lo estabas buscando, ¿verdad?

Me sonrojo.

—Nop.

Ella sonríe.

—Mentirosa.

Encuentro al veintiséis y de inmediato me pregunto cómo no lo reconocí. Cole camina hacia el campo con esa gracia de depredador, hace que el resto del equipo luzca como idiotas de madera.

Arrojan la moneda. El equipo forma una fila. El otro equipo toma la pelota.

Miro el partido con menos interés en el deporte, pero estoy bastante fascinada por la habilidad de un mariscal de campo en particular, aunque es más como un estudio antropológico.

Los deportes han reemplazado a la batalla en nuestra cultura. Son un lugar donde los jóvenes guerreros pueden probarse, parte de un rito de iniciación hacia la adultez. ¿Qué más podemos hacer con estas sorprendentes habilidades físicas que ya no necesitamos en nuestra sociedad actual? ¿Usarlas o perderlas en la evolución, no?

Tengo que admitir que me impresiona la belleza de la danza en el campo. Y realmente, los jugadores de la secundaria Wolf Ridge son diez veces mejores que los del otro equipo. Más coordinados, grandes, fuertes.

Simplemente mejores.

Puedo ver por qué los deportes son populares aquí.

En el entretiempo, me muevo por la multitud para comprar unos nachos. Rayne se queda a mi lado, aunque mira con nervios a la gente que nos rodea.

—¿Odias las multitudes? —Le pregunto para calmar la tensión—. A mí me sucede.

—Em, sí. Totalmente, —ella se muerde el labio y me da la impresión de que hay algo más.

Mientras espero los nachos, la reina del baile de bienvenida se mete en la fila. ¿Cómo se llama? Ah, sí... *Adriana.*

Ella me ve y me recorre una vez con la mirada, luego hace lo mismo con Rayne. Su labio forma una sonrisa.

—¿Qué estás haciendo con la chica nueva, Rayne? —Hay veneno y acusación en su voz y me da escalofríos.

Recuerdo lo que le dijo Cole en el lugar de tatuajes: *¿Qué estás haciendo aquí?*

¿Había alguna regla sobre no ser mi amigo?

No, eso es una locura. Estoy siendo demasiado paranoica.

Pero Adriana avanza hacia Rayne, se mete en su espacio con un nivel de intimidación física al que no estoy acostumbrada a ver en chicas.

—Hablo en serio. Qué. Crees. Que estás haciendo.

Tomo a Rayne y la pongo detrás de mí. Puede que sea pequeña, pero eso no significa que gente malvada puede hacer lo que quiera.

—Aléjate, princesa. —Miro la corona y fantaseo con sacársela de la cabeza y romperla. O mejor aún, ponerla en la de Rayne. No soy del tipo de persona que se mete en peleas, nunca, pero juraría que la cultura de esta escuela se trata de agresión e intimidación y no meteré la cola entre las patas y saldré corriendo esta vez. Ya me cansé de quedarme callada mientras todos actúan como imbéciles.

Adriana deja salir un sonido que se parece al gruñido de un perro.

No es atractivo.

—No, —Rayne tira de mi brazo con urgencia—. En serio, aléjate. Vamos.

Sólo la dejo alejarme porque la preocupación de Rayne parece tan genuina. Parece que va más allá de la incomodidad social hacia un miedo real y eso me preocupa.

Ponemos algo de distancia entre nosotros antes de que recuerde mis nachos.

—Déjalos, —dice Rayne. Sus ojos siguen grandes y asustados—. En serio. No empieces una pelea con esas chicas. Podrían lastimarte.

—Como... ¿lastimarme físicamente?

Ella asiente rápido.

—Sí.

Se me da vuelta el estómago. Dios. Esta ciudad se pone más y más rara. Es una sensación entre *Clase letal* y la película de terror de los 90 *Perturbados*.

Puede que hubiera un par de chicas malas en mi antigua escuela, pero no creo que los chicos tuvieran miedo de que los golpearan. Ese es un problema que tiene que ser solucionado. La cultura aquí tiene que cambiar.

—Tenía hambre, —me quejo.

—Vamos, —dice Rayne—. Hay un Dairy Queen en la esquina. Podemos caminar.

Preferiría irme a casa, pero como ya no conduzco y le dije a mi mamá que me recogiera a las diez, no es una opción. Además, no quiero dejar a Rayne a su suerte. Parece que necesita de mi amistad tanto como yo la suya.

Además, las Oreo Blizzards funcionan bastante bien para solucionar la mayoría de los problemas.

Nos quedamos la segunda mitad del juego, no volvemos hasta que escuchamos los ecos de victoria en el estadio.

Para cuando regresamos el estacionamiento, está vacío de casi la mitad de los coches de padres y familias y lleno de chicos de la escuela metiéndose en todos los problemas que se puedan imaginar. Hay una pelea a los puñetazos en una esquina, el aroma de marihuana en el aire. Un grupo pasa abiertamente una gran botella de vodka en un semicírculo, beben tragos y se la pasan a la próxima persona como si fuera un cigarro.

Cole Muchmore se apoya contra su Ford antigua, lleva

una camiseta y unos vaqueros rotos. Su cabello luce húmedo, como si acabara de salir de la ducha. Su principal accesorio es la porrista que intenta treparse sobre él.

Adriana, la reina del baile de bienvenida.

No quiero mirar, juro que no, pero me encuentro viéndolos fijo cuando pasamos.

Probablemente piense más de lo que debería, pero luce como si él intentara alejarla, estuviera molesto por sus intentos por consumar su matrimonio real.

Y luego me ve. Ni bien lo hace, sé que estoy jodida. Hay tanta alegría. La promesa de castigo. Me tropiezo. Nuestras miradas se encuentran.

Él pone un puño en el cabello de Adriana y la empuja hacia abajo, la obliga a ponerse de rodillas frente a su entrepierna. Parece que ella está lo suficientemente desesperada como para ceder ante su vulgar sugerencia porque pone la boca contra sus vaqueros y muerde el bulto que hay allí.

La sorpresa me recorre.

El asco.

El calor.

Se escuchan gritos de aliento de otros chicos alrededor, sus burlas hacen que Adriana se vuelva más atrevida.

No quiero mirar, no. Rayne tira de mi brazo, pero estoy pegada al suelo, sin poder dejar de mirar.

Se me tensan los pezones, mi vagina se agita.

Esta degradación no debería parecerme sensual.

Él es cruel con ella, sigue sosteniendo su cabello, hay una sonrisa en sus labios.

La multitud se da cuenta de que se trata de mí. De que su mirada está en mí.

Las amigas de Adriana le gritan. Cole empieza a murmurar.

Adriana mira hacia arriba y ve que está concentrado, gira para verme. La ira atraviesa su rostro.

Cole suelta su cabello y ella se cae de trasero al suelo. Él se ríe, sigue mirándome, y se toma la entrepierna.

Niego con la cabeza.

Por alguna razón, el corazón me late en el pecho como si acabara de correr una vuelta por el campo de fútbol.

—Bailey, *vamos,* —me insiste Rayne, tirando más fuerte—. No dejes que juegue con tu cabeza.

Adriana logra pararme y empuja fuerte a Cole. Él sólo se ríe. Cuando se da vuelta hacia mí, me doy cuenta de que debería haberme ido cuando pude.

Sobre todo considerando la advertencia que Rayne ya me dio sobre ella.

Pero Cole toma su brazo y hace que vuelva a él. Le dice algo que suena mucho como, —Déjalo. Ella es mía.

Mis pies se despegan.

Rayne y yo nos vamos hacia la calle, lejos de la fiesta y el descontrol.

Lejos de Cole Muchmore y los héroes alfa-diotas del fútbol.

Lejos de sus palabras.

Lejos de su reclamo por mí.

Ella es mía.

Se equivoca. Del todo.

Pero sin importar lo rápido que corra, sin importar lo lejos que vaya, sus palabras todavía me persiguen. La imagen de su rostro todavía me provoca. Y cuando cierro los ojos para dormirme, sé que será mi cabello el que esté en su puño. No el de Adriana. Yo estaré arrodillada ante él. No ella. Yo.

* * *

Cole

—Déjalo. Ella es mía.

Adriana me escupe en la cara, sale fuego de sus ojos. Se me ocurre que Bailey podría estar realmente en peligro, del tipo del que una humana no se recuperaría rápido.

Del tipo que podría dejarle cicatrices permanentes y necesitar un paso por la sala de emergencias.

—Dejarás a la humana sola, maldición.

Adriana abre la boca enfurecida cuando le doy una orden alfa a mis palabras.

—¿Estás defendiendo a *eso*, ahora? —Ella se refiere a Bailey como a un *eso*, como si ser humana fuera menos que nada. Todo el mundo nos mira, maldición. Nos escucha. Esperan oír mi respuesta.

Quiero decirles a todos que Bailey está bajo mi protección. Puede que realmente quiera joder con ella, pero no dejaré que la ataquen. Y esa es la única razón por la que siento esta necesidad feroz, casi violenta de protegerla ahora mismo. Pero si admito que está bajo mi protección, todos pensarán que me gusta. Ya es malo que mis mejores amigos y compañeros sepan que quiero hacérselo a la humana. No necesito que toda la escuela sepa que tengo sentimientos.

—No, sólo no creo que valga la pena que por ella llamen al alfa Greene y al consejo.

—¿Esa es la única razón?

—Por supuesto, bebé, —murmuro con un tono conspirativo—. ¿Realmente crees que quiero a una perra cualquier cuando te tengo a ti? La Reina de la secundaria Wolf Ridge.

Eso llama su atención.

Traigo su rostro más cerca del mío.

—Gracias por ayudarme a joder a la humana. ¿Viste su

expresión? —No sé por qué me enferma un poco compartir mi satisfacción genuina con Adriana, pero así es.

Como sea. Funciona. Una sonrisa lenta aparece en las mejillas de Adriana.

—Claro. —Ella arrastra la palabra, y recorre su clavícula con un dedo.

Rechino los dientes y la recompenso con un beso, con la boca abierta y descuidado para que todos vean.

Soy un bastardo frío por usar a Adriana, pero ella me estuvo usando primero. Sólo porque a ambos nos coronaron como realeza, *ridículo*, no significa que vayamos a reencender viejas pasiones.

Y no es que haya habido una llama real en el comienzo. Siempre pensé que evité un problema. Estuvimos juntos una vez en una fiesta. Había alcohol, lo que no afecta tanto a los transformistas como a los humanos, excepto cuando hay luna llena.

Había luna llena.

Nuestras hormonas estaban descontroladas.

Los chicos se transformaban y corrían y se desnudaban por todos lados. Lo hicimos todo.

Es un terrero peligroso para los transformistas adolescentes. Hay una razón por la que a los jóvenes los alientan sutilmente a vivir su juventud alocada lejos de la manada, con humanos.

Por ejemplo, ningún chico es suficientemente alfa como para pensar que puede enfrentarse a papi lobo enojado y no sufrir consecuencias permanentes y serias. Los padres son muy protectores de sus niñas en esta ciudad. Y que el destino no permita que embaraces a una. Puede despedirte de la esperanza de encontrar a tu pareja prometida. Estarás atado a esa chica por el resto de tu vida, así lo quieras o no.

Eso fue lo que les pasó a mis padres. Al menos así me lo contó mi mamá antes de abandonarnos.

Así que sí. No dormí por un mes después de lo que pasó hasta que Adriana me dijo que estábamos a salvo.

Y no tuve nada más que ver con ella desde entonces.

Sé que a ella tampoco le importo una mierda; sólo estaba actuando para elevar su estatus aún más después de la coronación.

Por eso la usé para enojar a Rosa.

Y se sonrojó. Un color rosa linda que iluminó sus mejillas pálidas e hizo brillar más a esos ojos oscuros. Supongo que, si hubiera estado lo suficientemente cerca, habría olido la misma excitación dulce de cuando estaba sentada en el lugar de tatuajes.

Quiero ponerme rudo con ella.

Este no es el plato frío de venganza que prefieren los adversarios.

No, hay un trasfondo de calor hirviendo en cada interacción que tuve con esa chica.

Verla sonrojarse, castigarla con humillación y su propio deseo, me la pone dura.

Y no tengo planes de retractarme porque no he sentido ningún tipo de placer en mucho tiempo.

Desde que mi papá perdió su trabajo.

Antes de que empezara a beber.

Después... después de que mi mamá se fuera y mi papá se consolara con una botella. Después de que mi familia se viniera abajo de a poco, el dolor fue como un cuchillo afilado en mi corazón. Adonde fuera que me moviera, cualquier acción, pensamiento, seguía sintiéndolo.

¿Pero este calor que me produce Rosa? Quita algo de ese dolor. Lo calma. No, lo transmuta.

La ira y la rebeldía todavía están allí, pero cada vez que

me acerco a ella, es como la emoción de la luna llena. La promesa de algo oscuro y satisfactorio si sigo mi deseo de castigarla al reclamarla por completo.

Porque es humana y hay un desequilibrio natural de poder, aunque no lo sepa; me emociono de forma perversa por saber lo fácil que será dominarla.

—Ey, chicos, —el hermano mayor de Bo, Winslow, se acerca con un par de amigos. Es ex alumno de Wolf Ridge, se graduó hace un par de años y trabaja en el taller de su tío, donde Bo y yo trabajamos los fines de semana.

Es un idiota.

Sigue deseando estar en la secundaria. Está en modo de lucirse, lleva un paquete de seis cervezas en cada mano. —No fue un mal juego, pero podrían haberlo hecho un poco mejor en el primer tiempo. Pone un paquete debajo de su brazo y empieza a sacar las latas de los anillos y a arrojárselas a los jugadores.

Porque jugamos contra humanos, nuestro arte es hacer que las victorias parezcan naturales. Perder un poco para poder lucirnos, parece que fuera una mejora espectacular. O mucha suerte.

Es estúpido, pero entretiene a toda la ciudad. Los transformistas son criaturas físicas. La destreza física está glorificada aquí. La agresión física se respeta. El castigo físico es la norma. Si ofendes a alguien, probablemente te lastimen. Lo que no es para tanto porque curamos de la noche a la mañana.

Pero Winslow y sus amigos igual son peligrosos, sobre todo cuando han estado bebiendo, y todos nos movemos, bajamos las miradas y murmuramos que estamos de acuerdo por si vinieron aquí a buscar pelea.

—¿Ahora dónde están esas animadoras? —Pregunta

Ben, el amigo de Winslow. Definitivamente está borracho. Pone a Adriana sobre su hombro.

Mierda.

—Ah sí, me llevaré a dos, —Winslow lanza una carcajada y toma a las dos chicas más cercanas y se las pone sobre los hombros.

Las chicas gritan y patean. Escucho algunas risas. Pero Adriana luce como si realmente luchara. Quizás Macy también, no estoy seguro.

Bo y yo nos miramos con preocupación.

No podemos desafiar abiertamente a estos idiotas. Son más grandes y fuertes que nosotros. Además, piensan que son geniales porque son mayores, así que cualquier confrontación se tomará como una competencia por un cambio en el orden de la manada, lo que sacará a la luz instintos violentos. No es una buena mezcla cuando se suma el alcohol.

—Ey, Ben, ¿viste el partido de Sun Devil el fin de semana?

Él gira para verme y hace que Adriana grite. Está pateando fuerte y golpeando sus riñones, pero él no parece notarlo.

—Sí, ¿qué hay con eso?

Estoy pensando rápido, intento recordar algo interesante acerca del partido.

—Ese Gary Jones es prometedor, ¿no crees?

Funciona.

Ben deja a Adriana de pie para mirarme.

—¿Gary Jones? ¿Bromeas? Ese idiota no tiene una pizca de talento.

Adriana mira su espalda con furia mientras él comienza su explicación de quién vale la pena mirar en el equipo.

Después de unos segundos, Winslow pierde interés en

las chicas que él también levantó y las baja con poco cuidado para unirse a la conversación.

Bo se acerca y consolida la charla de deportes.

El resto del grupo se dispersa, intentan que no sea evidente que se alejan para encontrar un lugar mejor, y más privado, para festejar.

Bo y yo seguimos la charla; nos sacrificamos por el equipo.

Niego con la cabeza. Misma historia, diferente noche.

Maldita vida en manada.

Capítulo cuatro

B*ailey*

La clase de periodismo, en la que me siento junto a Cole, se vuelve una fuente de todo tipo de ansiedades y preocupaciones la semana siguiente. Solía ser mi favorita. No lo sé, quizá todavía lo sea. Le caigo bien al Sr. Brumgard. Hace un esfuerzo especial por interactuar conmigo. Me gustaría pensar que es por mi interés en la materia y porque soy una buena estudiante, no porque le dé pena. No porque vea cómo me dejan de lado en esta escuela, cómo me repudian.

Pero ahora pienso en esa clase todo el día, me dan sudores fríos antes de entrar y cosquillas cada vez que veo a Cole por el rabillo del ojo.

Nunca lo miro de forma directa.

No quiero invitarlo a darme más atención.

Pero eso no es verdad porque tengo todo tipo de fantasías sobre tener una conversación normal con él. O de que él muestre interés.

Y lo hace.

Muestra interés.

Siento sus miradas ardientes durante toda la clase, pero todavía no dice nada ni iniciar ninguna conversación.

Hoy es lo mismo. Sus piernas largas ocupan el pasillo entre nosotros, salen hacia mí y mi escritorio, se cruzan casualmente en los tobillos. No tengo dudas de que ocupar mi espacio es un acto deliberado. Intento no mirar mucho el tamaño de sus zapatillas, pero maldición. Son gigantes. Ya mide un metro ochenta y apuesto a que no terminó de crecer.

Mueve su pie hacia adelante y atrás como si supiera que lo estoy mirando.

—Espero que hayan visto la lectura asignada, —Brumgard pasa los papeles hacia abajo.

La clase se queja, reconoce las pistas de otro examen sorpresa.

Leí, así que no estoy preocupada, pero no puedo evitar mirar a Cole.

Grave error. Me está mirando fijo con esos oscuros ojos penetrantes.

Sólo me mira. No puedo leer su expresión.

Luego levanta el mentón sólo un poco.

Una pregunta.

Niego con la cabeza.

Sonríe, como si lo entretuviera mi resistencia. Como si supiera que cederé y lo ayudaré de todos modos.

Vuelvo a mirar al frente de la sala y sigo negando con la cabeza.

—Pueden comenzar, —dice Brumgard.

Doy vuelta mi prueba y esta vez escribo mi nombre en el renglón en blanco del encabezado. No puede engañarme dos veces.

Las preguntas son fáciles si leíste el material y termino en menos de un minuto.

Y luego dibujo en mi hoja.

Miro las marcas de mi escritorio. Las manchas de tinta, las letras talladas, los rayones.

Miro al Sr. Brumgard, que camina por la sala. No sé por qué no se sienta en su escritorio desde donde puede ver a toda la clase al mismo tiempo. Es como si invitara a la gente a hacer trampa.

Maldición, cedo y miro a Cole.

Él levanta las cejas.

Mi corazón late más rápido. Pero mi pulso ha estado elevado desde que me enredé en su mirada.

No lo hagas.

No lo hagas.

Manteniendo mis ojos en la espalda de Brumgard, muevo mi examen de forma que Cole pueda ver las respuestas.

En serio, debo haber tomado pastillas de estupidez esta mañana. ¿Qué estoy haciendo? ¿Estoy tan desesperada porque Cole no me odie que estoy dispuesta a arruinar mi futuro? ¿A estar mal con el profesor al que mejor le caigo en esta escuela?

Las náuseas me invaden y el papel tiembla. Lo que significa que Cole puede ver lo mucho que tiemblan mis manos.

Maldito sea.

No, maldita sea yo. Estoy eligiendo arriesgar mi nota, mi reputación, las recomendaciones que planeo pedir. Todo por una oportunidad de que se ría de nuevo de mí el alfa-diota de al lado.

Ridículo.

Brumgard dice que es hora y recoge las pruebas. Logro no mirar a Cole. Es una prueba de minuto a minuto, pero logro pasar todo el resto de la clase sin ceder ante la necesidad.

Después de la clase, espero junto al escritorio del Sr. Brumgard con la carpeta que tiene las planillas de recomendación.

—¿Sr. Brumgard?

Él mira la carpeta en mi mano y la toma con una sonrisa.

—Hola. Estas son planillas de recomendación. ¿Para la universidad?

Él asiente, sus ojos se arrugan con cariño.

—Estaría feliz de escribirte una recomendación, Bailey. Y escucha, he estado pensando, acerca del diario estudiantil.

No hay diario estudiantil en la secundaria Wolf Ridge. Me acerqué al Sr. Brumgard a principio de año para preguntarle si estaría dispuesto a dirigir uno como un club, pero dijo que nadie se uniría, lo único a contra turno que les interesaba a los chicos de WR eran los deportes.

Tengo muy presente el hecho de que Cole también sigue en la sala, aparentemente se ata los cordones. Tengo la sensación de que se está asegurando de que no le diga nada sobre la prueba.

—¿Sí?

—¿Sigues interesada?

Me intereso. Es lo primero que me ofrecen en WR.

—Totalmente

—Puedo asignar historias en clase como parte de las tareas. Y podrías trabajar conmigo después de la escuela para armarlo. ¿Qué te parece?

—Me encantaría, —digo, emocionada por la tarea por primera vez desde que vine a Wolf Ridge. Finalmente, un desafío. Algo que hacer.

—Genial. Pasa hoy después de clases y podemos empezar a planearlo.

—¿Hoy? Ah, sí. Bueno, eso funciona.

No tengo idea de cómo llegaré a casa si se va el autobús, pero seguro podré pensar una manera. Esto es importante.

Volteo, sólo para chocarme de lleno con Cole, que está merodeando detrás de mí.

—¿Necesitas algo, Cole? —Pregunta Brumgard.

—Sí, necesitaba hablarle sobre los créditos adicionales. Ya sabe, para levantar mi nota para...

—¿Para el juego del sábado? —Brumgard da un largo y sufrido suspiro.

Me voy antes de oír el resto de la conversación, pero estoy segura de que a Cole no le preocupaba su nota; se aseguraba de que no lo delatara.

Y probablemente debí haberlo hecho.

No sé por qué quise estar en el Equipo Cole cuando está tan en contra del Equipo Bailey.

Me froto el tatuaje en el interior de mi muñeca. De alguna forma, esto está todo conectado con la tragedia. Mi culpa por Catrina mezclada con una necesidad de expiarme con Cole. Es ilógico, pero todavía no logro que coincidan mis pensamientos lógicos y mis sentimientos cuando se trata de Cole Muchmore.

* * *

Bailey

El Sr. Brumgard está en el salón después de clases. Me saluda con una sonrisa.

—Hola, Bailey, entra. —Pone una silla a su lado, detrás del escritorio—. Siéntate.

Me acomodo y lucho contra la incomodidad de trabajar de forma directa con un adulto. Me emociona este nuevo proyecto, pero también me pone nerviosa.

El Sr. Brumgard me sonríe.

—Me alegra que te intereses en el diario estudiantil, Bailey. Creo que es una gran idea.

Succiono mi labio inferior entre mis dientes y asiento.

—La cultura en Wolf Ridge es extraña, como probablemente lo hayas notado. Mucho énfasis en los deportes y no tanto en lo académico. Eres una de las pocas estudiantes interesadas en siquiera aplicar a la universidad. Aunque la tasa de graduación es decente aquí, el número de alumnos que continúan sus estudios es menor al diez por ciento. Nadie sale de Wolf Ridge.

—Sí, definitivamente lo he notado. Las amigas de mi mamá en el trabajo le dijeron que debería ir a Cave Hills, pero no conduzco, así que es demasiado lejos.

Brumgard me observa.

—Sí, Cave Hills hubiera sido una opción mucho mejor para ti. Aunque para ver lo positivo, probablemente ya tengas ventaja en ser la primera de la clase aquí. En las notas del primer cuatrimestre estás en la cima de la clase que se gradúa.

El placer inunda mi pecho. Sé que es nerd, pero los logros siempre han sido lo mío. Mi mamá dice que viene de mi padre, quien murió en Afganistán cuando era bebé, pero creo que es bastante de ella. Me criaron para trabajar duro y ganar reconocimiento. Sé que para la mayoría de los chicos eso suena como lo opuesto a la diversión, pero para mí lo es todo.

Brumgard me toca el hombro. Ignoro las cosquillas feas que me produce.

—Puedo ver que te está costando encajar, Bailey. Quiero que sepas que mi puerta está siempre abierta si necesitas un amigo.

Sus palabras son amables. Probablemente son lo que he querido escuchar, pero por alguna razón no me resultan sinceras. Hay algo que anda mal, pero no sé bien qué. Como si intentara manipularme por algo.

Pero eso no tiene sentido.

—Honestamente, a veces me pregunto si las familias de Wolf Ridge son de algún tipo de comunidad religiosa cerrada. Quizás mormones, —dice Brumgard.

Lo miro con dudas, pienso en el papá de Cole con una botella de cerveza en la mano cada vez que lo veo.

—¿Con la mayoría de la población empleada por la cervecería? Definitivamente no. Los mormones no beben.

—Bueno, entonces algún tipo de culto.

Eh. Un culto.

La ciudad no me parece particularmente religiosa, pero *sí* hay algo de culto en ella. Los escalofríos recorren mis brazos.

¿Por eso será que soy una extraña aquí? ¿No soy parte de su culto?

¿Pero qué tipo de culto podría ser? ¿Adoración a los deportes?

Hago un sonido no comprometido.

—De todas formas, me gustaría pensar contigo una lista de artículos que quieras que estén en la primera edición del periódico y escribirlos en el pizarrón. Podemos revisarlos juntos y luego asignárselos a la clase mañana.

Me levanto de mi asiento, feliz de ya no estar tan cerca de Brumgard. Ya tengo ideas para los artículos, aunque no sé si se me pueden ocurrir treinta diferentes para cada chico de la clase.

Tomo un marcador y empiezo a escribirlas. Pienso en un cuestionario de «profesor de la semana» con un docente diferente sin revelar su identidad. Los estudiantes pueden entregar sus respuestas para tener la oportunidad de ganar un premio. Cubertura de todos los deportes. Eso debería ser sencillo, y de hecho, podría ocupar la mayor parte del periódico si no se me ocurren otras ideas. Noticias de clubes. Reportaje de eventos futuros o pasados como la realeza de este año, el baile esta fin de semana, todo eso.

Sigo haciendo esto durante cuarenta y cinco minutos, lleno el pizarrón con mis ideas. Cuando me canso, Brumgard se mueve en su silla y lo mira.

—Acércate aquí y cuéntame sobre cada una, —me dice, y me llama hacia él.

Luego me pregunto por qué fui tan estúpida. Noté las señales de alerta de alguna forma, pero no las llevé a mi consciencia.

Camino obediente hacia él y me paro junto a su silla mientras le explico verbalmente cada proceso de ideas para cada artículo.

Y entonces sucede.

Es tan inesperado que casi no puedo asimilarlo al principio.

La mano del Sr. Brumgard se desliza por mi muslo interno.

Me quedo helada. Hielo y fuego me recorren a la vez. Mi estómago sube hasta mis costillas, atrapa mi respiración.

Luego desearía haber hecho un millón de cosas.

Haber hecho kung fu con su trasero. Hacerme rápido hacia atrás. Golpearlo en la garganta. Gritado, *¡saca tus malditas manos de encima mío!*

Pero no hago nada de eso.

Sólo me quedo helada mientras su palma sudorosa se mueve más arriba hasta llegar a mi entrepierna y frota sus dedos sobre mis bragas.

Y entonces mi cerebro se desconecta completamente. Estoy totalmente desconcertada con lo que *debería* estar pasando y lo que *realmente* está pasando. La habitación da vueltas.

Vomitaré.

Cuando sus dedos buscan debajo de mis bragas, me pongo dura como una mesa.

La oscuridad invade mi visión y se enfoca en un sólo lugar del escritorio.

* * *

Cole

Después de la práctica, pongo mi bolso de gimnasia y mi mochila en el baúl. Casey no está, me envió un mensaje de que tiene un proyecto grupal y está trabajando con Stacy, pero hay una molestia en mi nuca como si tuviera que estar al tanto de algo.

El sentido lobo se activa.

Huelo el aire.

Nada.

Vuelvo a mirar a la escuela. La luz sigue prendida en la sala de Brumgard.

Maldita Bailey. Está allí haciendo de favorita del profesor, trabajando juntos en su preciado periódico. ¿Me está molestando porque me excita que haga trampa?

Sin perder la oportunidad de sacarla de lugar, golpeo la

puerta de la camioneta y vuelvo a la escuela. Brumgard me dijo que pasara a recoger mis trabajos corregidos para reescribirlos, así que de todos modos tengo la excusa perfecta para llegar.

La mayoría de las puertas ya están cerradas, pero encuentro una abierta y entro trotando por los pasillos, una sensación de urgencia me empuja.

Cuando abro la puerta del salón, estoy totalmente desprevenido para lo que veo.

De hecho, el aroma es lo primero que llega: El olor salado a lágrimas y lo que hay detrás, miedo. Vergüenza. Ira.

Luego, veo. Brumgard tiene su mano bajo la falda de Bailey. Rosa parece helada por la sorpresa. Está blanca como un fantasma y luce como si estuviera a punto de vomitar.

Y entonces enloquezco. Cruzo la habitación y acorto la distancia entre él y yo.

Un golpe, con fuerza de transformista, y su cabeza se hace hacia atrás y la sangre sale de su nariz. La silla en la que estaba sentado sale volando hacia atrás y golpea contra la pared con Brumgard todavía en ella.

Voy por más. Estoy listo para matar al maldito, pero Bailey despierta de su estupor, toma su mochila y sale corriendo del salón.

—¡Bailey! —grito.

No sé si necesito seguir golpeando a este adulto imbécil que la tocó, *la tocó* contra su voluntad maldita sea, o querer seguir a Bailey y asegurarme de que esté bien.

Señalo a Brumgard con un dedo condenador.

—Si vuelves a tocarla a ella o a cualquier estudiante, eres hombre muerto. ¿Entendido?

Nuestro profesor emite algún tipo de sonido como un quejido desde donde está tirado en el suelo, la sangre cae por su rostro. No creo haberle roto el cuello, pero definitivamente lo golpeé con la fuerza necesaria para que sucediera. Tiene suerte de estar vivo. Tiene suerte que lo deje vivir.

Salgo del salón y corro.

No hay señales de Bailey por ningún lado.

¡Mierda!

Tomo la salida de emergencia y veo el estacionamiento. Todavía no la encuentro. Corro hacia la camioneta, entro y la enciendo, luego salgo a dar vueltas a la escuela.

Entonces veo su mochila, corriendo.

Las llantas chillan cuando me pongo a su lado.

—¡Bailey! Entra.

Ella me ignora. Está llorando tanto mientras corre que me sorprende que pueda ver adónde va.

Me estiro y abro la puerta del pasajero mientras acelero para seguirle el ritmo.

—¡Bailey, espera! Entra a la camioneta, te llevaré a casa.

—¡Déjame sola!

Pongo la camioneta en neutro y pongo el freno, luego salgo por el costado. La tomo por detrás cuando se tropieza por una grieta en la acera y levanta los pies del piso. Ella se enloquece en mis brazos, pega y patea.

—Ey, está bien. Bailey.

—Cállate, Cole.

—Me callaré. Entra a la maldita camioneta. —Le doy una orden alfa a mis palabras, aunque ella no sea transformista.

En algún nivel, los humanos la reconocen.

Funciona.

Ella deja de luchar y pasa el reverso de su mano por sus ojos.

—Bueno. Si estuviera menos preocupado por lo que

acaba de pasar, celebraría esa pequeña victoria. Al igual que celebré que me mostrara su prueba hoy.

Ella se rinde ante mí a pesar de no estar de acuerdo.

Me quedo cerca de su espalda en caso de que decida correr otra vez, pero entra y cierra la puerta de un portazo, luego mira hacia adelante.

Vuelvo a entrar y pongo en marcha la camioneta. ¿Ahora qué? No pensé más allá de encontrar a Bailey.

El director ya no está. Podemos regresar y hablarle mañana. Pero esto no puede esperar.

Pongo el pie en el pedal y salgo al camino.

—¿Estás bien? Es una pregunta boba. Claro que no lo está.

—Genial, —me dice de mala manera.

Me froto la nuca. Definitivamente no lo está. Siento la vergüenza y el miedo en ella.

—No sientas vergüenza. —Digo como orden, no sugerencia. Pongo una voz firme—. Tú no hiciste nada mal. ¿Lo sabes, verdad?

Ella está callada por un momento.

—Me siento tan sucia, maldición. —Su voz está otra vez llena de lágrimas.

—Bueno, no lo eres. Él lo es.

Pero después de eso me callo. No necesita hablarme. Necesita un amigo. Pero no estoy dispuesto a dejarla fuera de mi vista hasta que hayamos tenido esta conversación.

Además, tenemos que sacar el trasero de Brumgard de esta ciudad. Estaciono frente a la oficina del alguacil y Rosa se tensa.

—¿Qué hacemos aquí?

—Entraremos y les diremos lo que pasó y presentarás cargos.

Ella niega con la cabeza; las lágrimas corren silenciosas por sus mejillas otra vez.

Mierda. Sabía que esto no sería sencillo.

—¿Por qué no?

Ella aprieta la tira de su mochila con la mano.

—No quiero hacer esto. Sólo necesito pensar. Quiero irme a casa.

Mierda. Esto no está bien. Brumgard tiene que ser detenido. Si intentó esto con Rosa, probablemente lo haya hecho antes y lo vuelva a hacer.

—No puedes dejar que se salga con la suya, Bailey. Hacer que pague es lo correcto. Y será tan sencillo. Tienes un testigo. ¿Cuántas chicas pueden decir eso? Será un juicio fácil.

Ella no dice nada, pero siento su resistencia y desesperación que queman como neumático. No me gusta ser la causa de ese aroma.

—No estás sola en esto. Seré parte en todo el proceso. Contaré la historia. Todo lo que tienes que hacer es presentar cargos.

—No puedo, Cole. O sea, lo pensaré. Sé que tienes razón, pero simplemente no puedo enfrentarlo ahora. Ya soy la rara de la escuela. No puedo soportar más atención negativa.

Mierda. Esa parte es mi culpa.

Maldigo y vuelvo a encender la camioneta. Al fin y al cabo, es su decisión.

Pero no puedo llevarla a casa. En vez eso, conduzco de nuevo por la parte de atrás de la meseta, al lugar donde me gusta ir cuando quiero escaparme. Y creo que ahora mismo Rosa necesita pensar.

Estaciono en el camino no pavimentado donde crece una creosota olvidada.

—¿Dónde estamos?

—Vamos. Te mostraré.

Por un momento, me pregunto si cometí un error en traerla aquí. Acaba de ser engañada por los avances sexuales de su profesor, no quiero que piense que también tengo algo nefasto en mente. Pero no huelo miedo de su parte.

Igual no respondo hasta que abre la puerta y se baja. Su rostro se suaviza cuando mira a su alrededor.

—¿Qué es este lugar?

Nos metemos debajo de un arco formado por al menos una docena de palo verdes fuera de control y salimos a un claro enmarcado por una pared de cañón de mil quinientos metros.

—¿Qué es este lugar? —Hay sorpresa en su tono.

Los huesos de un edificio de piedra que alguna vez sirvió como una pérgola de picnic sobresalen hacia un lado, el techo hace mucho cedió o fue removido. La mesa gigante de picnic sigue dentro, marcada con al menos cientos de iniciales talladas en la madera suave y gruesa.

No sé qué me gusta tanto acerca de este lugar. Supongo que la arqueología de una ruina moderna. La forma en la que está oculto aquí atrás de álamos gigantes y unos algarrobos y palo verdes crecidos. La forma en la que está protegida por el secreto del cañón.

Ningún humano sigue viniendo aquí. No aparece en ningún mapa. Alfa Green de alguna manera consiguió que la manada comprara este parque de la ciudad de Wolf Ridge hace años.

—¿Era un parque de juegos? —Ella mira el columpio, la calesita y subibaja oxidados.

—Sip. Uno viejo. No se usa desde los 70. No sé por qué no quitaron los juegos. Probablemente sea demasiado peligroso. —Me siento en uno de los columpios para probar cuánto me gusta el peligro.

Ella se sienta en el de al lado y empuja con los pies para que se mueva.

Me bajo del mío y tomo su cintura, la llevo hacia atrás.

—Quizás no tenían estas cosas en Colorado. —Hablo lento, como si explicara algo profundo—. Pero en realidad te *columpias* en esto. —Empujo sus caderas, la hace volar alto.

Ella grita un poco, pero ríe. —Dios, tienes fuerza.

Ups. Tomo nota de contener la fuerza transformista.

Nah, a la mierda con eso. ¿Por qué no lucirme un poco?

La vuelvo a empujar, hago que las cadenas vayan tan alto que están paralelas al piso.

Ella grita cuando vuela un poco del asiento y vuelve a caer en él.

Me río.

Seguimos así un rato, yo la empujo, ella vuela por el aire, se sostiene con todas sus fuerzas del columpio. No pensé del todo en esto, pero ahora que estamos aquí, me alegro. Se siente bien.

Después de un rato, dejo de empujar y dejo que la fuerza se acabe.

Camino hacia la calesita.

—¿Alguna vez estuviste en una de estas?

Ella niega con la cabeza.

—No me sorprende. Las prohibieron mucho antes de que naciéramos. Son muy peligrosas. ¿Y toda este mierda hecha de metal? Apuesto que muchos chicos de los 70 estaban llenos de quemaduras de tercer grado en el verano.

—Oh por dios, tienes razón. Es demasiado caluroso en Arizona para tener juegos de metal. —Ella se baja del columpio y se acerca.

Le ofrezco mi mano y la ayudo a subirse al platillo tambaleante de metal.

—¿Lista?

—Lo dudo, —responde, pero hay una sonrisa en sus labios. Estoy tan aliviada de verla que le devuelvo la sonrisa.

Me olvidé de todo el rencor entre nosotros. De mi necesidad de castigarla. No es que no quiera ser su amo, quiero.

Es más que la quiero entera cuando lo haga.

—Espera, —le advierto antes de empujar las barras. El juego está oxidado, así que toma algo de tiempo hacer que funciones, pero cuando lo logro, pongo un poco de fuerza de transformista y las ruedas salen volando.

Bailey grita, su largo cabello oscuro vuela alrededor de su rostro, sus ojos están grandes.

Quiero besarla.

No lo haré. Hoy no. Definitivamente no después de lo que pasó. Pero quiero ser dueño de esa boca hinchada. Quiero probar esos labios, meter la lengua profundo y hacer que me tome como quiero.

Pero con maldito consentimiento.

Mis puños se tensan al volver a pensar en Brumgard. Ya me estoy arrepintiendo de no matarlo.

—Bájame, bájame, —grita Rosa y golpeo las barras para que vayan más lento, luego tomo una y corro alrededor hasta que para. Bailey sostiene su barriga como si fuera a vomitar.

—Perdón. ¿Fue demasiado? —Pongo una mano sobre su espalda. Literalmente siento el escalofrío que la recorre. O quizás fueron las chispas que le dieron a mi mano.

De pronto estoy muy atento a todo en Bailey: su respiración agitada, su aroma a canela y miel, los mechones de pelo que vuelan contra su rostro.

Los peino hacia atrás y ella me mira.

—¿Por qué estás siendo tan bueno conmigo?

Cedo ante la vulnerabilidad de sus ojos. Algo se mueve en mi pecho. Culpa, quizá; no lo sé. Quizás algo más. Me ahogo en su mirada café cálida, observo sus tonos dorados y verdes. Tengo que mirar para otro lado.

—No lo sé.

Es una respuesta honesta. Realmente no puedo explicar por qué pasé de verdugo a protector en un pestañar. Y sé que no durará. La llevaré a casa y mañana seremos enemigos otra vez.

Y no admitiré que eso es parte de la razón por la que todavía no la llevé.

Meto las manos en los bolsillos para no tocarla.

—Escucha. Lo que pasó en nuestra escuela —saco una mano y muevo el pulgar en dirección a la secundaria Wolf Ridge— es cosa tuya. No hablaré de eso a menos que me lo pidas. Lo que sea que quieras hacer está bien.

—Gracias.

Escucho el alivio en su voz y sé que dije lo correcto.

—Seré tu testigo si quieres presentar cargos. Si quieres ir con el Sr. Olsen y hacer que lo despidan. Si no, no le diré a nadie. Si no quieres que hablen de tu mierda en toda la ciudad, también lo entiendo.

Sus ojos vuelven a humedecerse. Cuando se escapa una lágrima y cae por su mejilla, la limpio con la punta de los dedos.

—Pero no quiero que sientas que tienes que esconderlo. Puede que creas que eres una víctima, pero ahora tienes todo el poder.

La energía se acalla. Juraría que se está quitando la capa de víctima ahora mismo.

—¿Qué quieres decir?

Le dedico una sonrisa traviesa.

—O sea, —digo lento, la gloria de la venganza brilla ante mí—. Si no vas a las autoridades, eres dueña de Brumgard. Puedes no ir a sus clases por el resto del año e insistir en que te dé una A y él lo hará. Hacer que escriba tus ensayos para la universidad por ti. Que te nomine para los premios de fin de año.

Ella pone los ojos en blanco.

—Eso harías si estuvieras en mi lugar.

Mi sonrisa crece más.

—Definitivamente. Y es lo que deberías hacer. Por supuesto, será una pena para mí que no estés en la clase para ayudarme con las pruebas. Por cierto, nunca te di las gracias.

Sus cejas suben y luego se sonroja.

Realmente me encanta cuando se sonroja. Vuelvo a ponerme en modo verdugo rápidamente. Estiro una mano y toco el lóbulo de su oreja, acaricio la piel con suavidad.

Ella aleja rápido la cabeza.

—Vete a la mierda, Cole.

—Ah, eso planeo, Rosa, —digo con voz grave y seductora.

Se sonroja aún más, me golpea el pecho y voltea para volver rápido a la camioneta.

La sigo, riéndome.

Ella se sienta y cruza los brazos sobre su pecho. Como si eso fuera a protegerla de mí.

Entro a la camioneta y la enciendo.

—Pero diré esto, Rosa.

Ella voltea con mi tono de voz de negocios. Como si ya me entendiera, cuando estoy serio, cuando estoy molestándola.

—Una palabra a cualquier padre de Wolf Ridge y un grupo de padres irá a la escuela y literalmente le patearán el trasero a Brumgard y luego hará que lo echen de la ciudad. Eso te lo garantizo. Así que sólo digo, es una posibilidad, si eso quieres.

Hablo con total sinceridad. Puede que Bailey no sea de la manada, pero es una chica de nuestra escuela. Cualquier padre de Wolf Ridge se daría cuenta de que podría haber sido su cachorra quien fuera agredida y buscarían sangre. Brumgard puede ser humano, pero igual lo harían pagar. Y garantizo que el Alfa Green haría caso omiso de cualquier regla de la manada contra eso.

Bailey se frota el tatuaje, del que quiero saber más.

—Bueno, es bueno saberlo.

—¿Quieres que lo empiece? Lo haré.

—No. —Ella niega con la cabeza, todavía mira fijo su tinta—. No lo sé. Sólo necesito algo de tiempo para pensar. Sólo quiero mantenerlo entre nosotros por ahora. —Ella se encoje de hombros.

—Bueno. —Vuelvo al camino de tierra—. Tú tienes el poder, —le recuerdo.

Pero desearía no haberlo hecho porque me mira de una forma, con gratitud, que me provoca todo tipo de cosas jodidas en la cabeza.

Capítulo cinco

ailey

Cole estaciona en el callejón detrás de nuestras casas en vez de en la calle. Estoy a punto de preguntarle por qué cuando veo a su padre parado en el porche trasero, mirándonos con ojos de asesino.

—Mierda, —murmura Cole.

Su padre no luce bien. Está sudado. Su rostro, enrojecido. Ropa y cabello desprolijos. Sostiene su típica botella de cerveza en la mano.

Un escalofrío baja por mis brazos. ¿Cole estará en problemas por volver a casa conmigo, la hija del enemigo, en su camioneta?

—Sal, Rosa, —dice tenso, sin quitarle los ojos de encima a su papá.

No espero. Salgo de la camioneta y corro alrededor del lado más lejano a la casa de Cole que da a mi puerta principal. Aunque se siente como que me corté una pierna la dejé en la cabina de Cole, casi estoy agradecida por separarnos de pronto. Me ahorra la incomodidad de pensar en qué decir e intentar descifrar cómo serán las cosas mañana entre nosotros.

Mi mamá todavía no está en casa, lo que no es sorpresa. Trabaja tarde todas las noches, a veces hasta las ocho, intenta mejorar la situación regulatoria de la cervecería.

Saco una caja de macarrones con queso y pongo agua a hervir.

Y entonces lo escucho. Aunque sé inmediatamente quién es, intento decirme que no lo será, no serán Cole y su padre gritando afuera. Porque los vi atrás y estas voces vienen del frente.

Abro la puerta principal y me ahogo con mi propia saliva.

Hay una pelea real en la acera. No, no una pelea. Es una pelea de un lado con el papá de Cole encima y Cole cubriéndose la cabeza y esquivando los golpes. Detrás de ellos, Casey grita, «¡Basta!» desde los escalones de losa.

—¡Papá! ¡Detente!

Yo también grito. No sé qué digo, quizás el nombre de Cole.

Su papá levanta la mirada, frena para mirarme mal. Le da tiempo a Cole para salir de abajo de él.

—Entra a tu casa, —me dice su papá de mala forma. Habla un poco patinado, definitivamente está borracho.

—Cole, —digo rasposo, me duele la garganta de gritar.

—Entra a la casa, Rosa. —Cole escupe sangre en el piso. Su padre se abalanza otra vez, pero Cole lo esquiva.

Entro corriendo a mi casa para buscar el teléfono, luego vuelvo a salir, mi pulgar se mueve sobre las teclas para llamar al 911. Pero no logro marcar.

Hoy me negué a ir con el alguacil. No quería que difundieran mi historia por todos lados.

Quizás Cole tampoco quiera que son problemas sean públicos.

—¡Papá, detente! —Grita Casey, que está a unos metros—. Vuelvan adentro.

Su papá vuelve a llevar a Cole al suelo, aterriza varios golpes que hacen crujir huesos y quiero vomitar.

Llega un vecino, creo que es el tipo que vive en frente.

—Suficiente, Jerry, —grita, y salta a la batalla para tomar al papá de Cole por el hombro. Jerry lo sacude—. John, ¡ayúdame a sacarlo! —le grita a otro vecino que sale a ser testigo de la horrible escena—.

—Tú, entra —me dice—. Sólo empeoras las cosas.

Sus palabras quedan dando vueltas en mi mente.

Sí se trata de mí. Y lo estoy empeorando. Volteo y corro a mi casa.

No me doy cuenta de que estoy llorando hasta estar adentro, mirando desde la puerta entreabierta cómo los dos vecinos arrastran a Jerry de encima de Cole.

—Esto no puede continuar, Jerry, —dice el vecino. Finalmente logra alejar a Jerry y el borracho se sacude y pasa junto a su hija aterrada para entrar.

El vecino ayuda a Cole a pararse.

Vuelvo a asomarme. No sé qué creo que puedo hacer. Todo lo que sé es que no puedo simplemente quedarme adentro de mi casa cuando Cole está sufriendo afuera.

—Puede ser momento de devolver la pelea, hijo, —le dice el vecino a Cole en voz baja.

Cole saca la mano del vecino de su hombro.

—Vete a la mierda, Lon.

—La boca, niño. —El tono del vecino se vuelve severo, pero Cole se lo devuelve, se mete en su espacio sin levantar un puño. Arqueándose, empujando el pecho contra el del hombre más grande y mirándolo como si quisiera pelear.

El vecino, Lon, pone una mano sobre el pecho de Cole y lo empuja hacia atrás.

—No soy tu enemigo.

La sangre cae de la nariz y boca de Cole y cubre sus labios.

—Él tampoco lo es. —Mueve la cabeza hacia la casa.

El vecino niega con la cabeza, se aleja.

—Lo sé. —Hay derrota en su tono y en cómo se curvan sus hombros.

Hay ira en los de Cole. Sube los escalones y le da un portazo a la puerta principal; el sonido rebota hasta mi alma.

Entro, cierro la puerta de la forma más sigilosa que puedo. Y cuando empiezan a caer las lágrimas, intento no producir sonido alguno. Y cuando no puedo contener los sollozos que me hacen temblar tanto que me duelen los huesos, me cubro la boca y lloro un poco más. Lloro por el chico de al lado. Lloro por el chico que me odia tanto para no tener que odiar a su padre.

Capítulo seis

C*ole*

Despierto pasada la medianoche. Mi ventana está abierta y entra la luz de la luna.

Pero eso no fue lo que me despertó.

Tampoco fue el dolor de la golpiza. Eso ya está bastante curado. Para mañana no será nada.

Eso es lo que sucede con la disciplina de los lobos. Se trata más acerca de dominar y humillar que de un dolor real. Casey y yo no estamos en peligro realmente.

Pero eso no significa que esa mierda no duela.

Me froto la barba incipiente en mi mentón en la oscuridad. Algo llama a mi lobo, me lleva a la ventana. Y sé exactamente qué veré cuando mire hacia afuera.

Pero incluso así, mi corazón duda.

La pequeña humana está parada afuera. Parada debajo de mi ventana, mirando hacia arriba.

Como si me esperara y supiera que iría. Las cosquillas recorren mi piel.

Lleva el mismo vestido que hoy, otro corto, azul con tiras

blancas. Pero no lleva Converse. Está descalza en el granito triturado. Lo que le debe doler a sus suaves pies humanos.

Yo llevo pantalones cortos deportivos. Me pongo una camiseta negra cuando miro hacia abajo.

Está parada allí como un maldito tributo. Una ofrenda virginal.

Debe sentirse realmente culpable.

Abro la ventana y saco la red. No es la primera vez que salgo por esta ventana, pero intento hacer que no parezca demasiado sencillo cuando escalo el alerón del patio y caigo en la grava frente a ella.

—Ey.

Está llorando. Lágrimas silenciosas que caen por sus mejillas pálidas. Me pregunto si pararon en algún momento. Ha estado dejando caer esas lágrimas saladas desde que vio la fealdad que es mi padre ebrio. El aroma de sus lágrimas me provoca algo. Me pone nervioso y vulnerable, con la necesidad de golpear cosas con los puños.

—Para. —Sueno amenazante. No lo siento. Ella me llamó aquí silenciosamente. Ella tendrá lo que busca. Avanzo hacia ella como un maldito depredador.

Ella se hace atrás. Debe sentir lo peligroso que soy en este momento. Lo desbordado.

—¿Fue por mí?

Por supuesto que fue por ella. Pero no diré eso. Esta mierda no es su culpa.

En vez de eso, gruño,

—Deja de llorar por mí.

Sus grandes ojos café están bien abiertos. Me pregunto qué tan bien puede verme en la oscuridad. No tanto como yo a ella.

—*Basta*, —le ordeno—. A mí me dieron la paliza.

—Cole. Es una sílaba rota. Pequeña y temblorosa. Tanta

emoción contenida en un sonido. Disculpas. Ruego. Hasta desesperación.

Pierdo el control. Traigo su rostro junto al mío con una mano en su nuca y devoro su boca. Sabe como toda la emoción que escuché.

O más.

Saboreo gratitud y generosidad suave y flexible. Enojo guardado. Dolor.

Deseo.

Levanto mi antebrazo debajo de su trasero para levantarla y poner su espalda contra el estuco oscuro de su casa.

Ella abre más los labios para mí, me deja entrar. No es cómo lo imaginé.

Es mejor.

Más vulnerable. Más dulce, aunque soy brutal con mi ataque. Sus labios se mueven contra los míos con la misma intensidad, sus uñas se clavan en mis hombros desnudos. Pongo el bulto de mi miembro en la unión entre sus piernas, aunque sé que probablemente la asustará.

Sigo besándola, haciéndoselo a su boca con mi lengua. El corte en mi labio se vuelve a abrir y la sangre se cuela en el beso.

Bien.

Que pruebe cómo sangré por ella. La haré sangrar a ella también. Necesito probarla con mis labios. Tenerla untada sobre mi miembro. Quizás no esta noche, pero lo conseguiré.

Me muevo para tomar su trasero con ambas manos, para apretar y amasar esos globos firmes. Toco piel con uno de mis dedos y la lujuria sube. Empujo contra la tela fina de sus bragas, froto mi miembro sobre su clítoris.

El olor dulce de su excitación llega a mis fosas nasales.

Lo quiere.

Dejo de besarla y bajo la cabeza a la unión de su cuello, muerdo la piel que hay ahí. Me quedo así, mi cuerpo contra el suyo, un machaque lento en la unión de sus muslos. Ambos respiramos agitados.

Necesito calmarla. Mandarla adentro.

Sé que no está lista para todas las cosas que quiero hacerle. Y mi control es una mierda ahora mismo.

La necesidad está por las nubes.

Pero en vez de dejarla ir, me pongo sucio. Dejo que la punta de mis dedos siga la costura de su trasero. Ella se queda sin aliento y se retuerce, sus muslos internos se tensan alrededor de mi cintura mientras intenta sin éxito apretar sus nalgas.

Sí, bebé. También tomaré eso eventualmente.

Pero esta noche no quiero el ano.

—Será mejor que entres, Rosa, —respiro junto a su cuello. Mis labios rozan su piel. Sabe tan bien, maldición.

Ella se queja un poco pero no se mueve.

Me doy cuenta de que la estoy torturando. Su cuerpo está excitado, preparado y ahora la mandaré adentro.

Es una tortura para mí también, pero puedo soportarlo. Un lobo adolescente de mi edad ya ha estado luchando con esta mierda por al menos cuatro años. Al menos la luna no está llena.

Le doy otro beso fuerte. Esta vez voy descaradamente por su trasero, froto con firmeza mientras empujo mi miembro contra sus bragas húmedas y succiono sus labios.

Ella se mueve un poco.

Destino, ¿acaba de llegar al orgasmo?

Creo que puede que sí.

Eso casi me destroza.

Mi color de ojos probablemente haya cambiado y tengo

que frenar el gruñido muy de lobo que quiere salir de mi garganta.

Me obligo a bajarla, pero todo el tiempo acaricio su trasero, lo aprieto, lo amaso, le doy amor con ambas palmas. Todo el tiempo la beso mucho.

Sabe tan bien, maldita sea.

—Entra, —gruño. Mi voz es tres octavas más grave que lo normal, y áspera como papel de lija—. Antes de que te arruine, maldición.

Ella está temblando. Todo mi cuerpo se sacude, y ella tiene que sostenerse de mis antebrazos para quedarse de pie.

—¿Cómo sabes que ya no estoy arruinada? —Ella no tiene aliento.

Me río alegremente e inclino la cabeza contra la suya.

—Lo sé. Porque ya decidiste que seré el tipo que te destruya. Ahora entra.

Ella no se mueve. Su respiración se entrecorta. Su cuerpo sigue temblando.

—Todavía me estás sosteniendo, —dice.

Ah. Es verdad. Mis manos siguen sosteniendo ese delicioso trasero. Todavía la tengo atrapada entre mi cuerpo y la casa.

Me muevo hacia atrás, contento el quejido de decepción por perder contacto.

Y luego, porque puedo, porque quiero, tomo sus muñecas, la giro de a poco para mirar la casa y presiono sus palmas contra la textura áspera del estuco.

Ella no espera el golpe fuerte de mi mano sobre su trasero. Su gemido es parte quejido. Aprieto y froto para que pase el ardor, y luego me inclino cerca para poner mis labios junto a su oído.

—No te hagas la inteligente conmigo, Rosa.

El aroma fresco a excitación me llega, hace que sea una tortura pura dejarla ir.

Suelto sus muñecas, pero le pego en el trasero una vez más.

—Entra. —Mi palma cosquillea con el impacto. Estoy seguro de que su trasero también por más que un par de minutos.

Bien. Quiero que me sienta.

Que sienta el dolor que elijo darle.

Y el placer.

Se lo daré de todas las formas que desee.

Y ella amará tomarlo.

Capítulo siete

B*ailey*

Paso por mis primeras clases del próximo día con estupor. Debería estar exhausta, pero no lo estoy. Estoy emocionada. Ansiosa. Un poco enferma. Nerviosa. Confundida. Y debajo de todo hay un entusiasmo que temo siquiera reconocer o dejar salir.

Cole Muchmore me besó.

O sea, realmente me besó por completo.

Y se sintió como si me hubiera arrojado líquido inflamable y hubiera prendido un fósforo porque todo mi cuerpo sigue prendido fuego. Mi piel está marcada donde me tocó.

Quiero más de eso, mucho más.

Y aunque me prometió más, de una forma casi amenazante, no tengo idea de qué esperar hoy de él y eso me aterra.

Y lo más preocupante es que tengo que decidir qué haré con la situación con Brumgard. Anoche fue todo tan confuso que no pude pensar bien.

Todavía no quiero correr al director o a la policía. Ya soy

una leprosa en esta escuela. No necesito también este estigma.

La idea que más me llama es simplemente evitar todo. No volver a clases. Chantajearlo por mi A y mis recomendaciones.

No, eso es una mentira. No ir a clase y no hacer el trabajo no me emociona.

Lo que preferiría es un profesor con integridad, uno que realmente hubiera trabajado conmigo en empezar un diario estudiantil. Pero eso es imposible. No habrá un diario de la secundaria Wolf Ridge. No hay forma de pasarlo por alto y tener mis créditos para el diario universitario. No habrá oportunidad de hacer una diferencia y dejar mi marca en esta escuela.

Fantaseo con entrar a la clase con la cabeza en alto. Brumgard debería ser el que quisiera esconderse, no yo. Pero cuando llega la hora de la clase, tengo ganas de vomitar. Me quedo junto a mi casillero, aunque no necesito ningún libro. Me estoy escondiendo allí.

Bueno, si soy completamente honesta conmigo misma, admitiría que espero que llegue Cole. Que me diga qué hacer. Que sea mi escudo. O que me ofrezca algún tipo de apoyo.

Pero eso es estúpido.

Puede haberme besado anoche, pero no significa que planee continuarlo. Ayer puede haber sido un error. Veinticuatro horas en una ciudad demente en donde las cosas se salen de control para ambos y estamos para el otro.

Los pasillos empiezan a vaciarse, los chicos se dirigen a sus clases antes de que suene la campana de llegar tarde. Inhalo y cierro mi casillero.

Cole viene por el pasillo rodeado de su grupo de amigos. Espero ver su rostro con moretones e hinchado, pero no lo está. De hecho, apenas se nota que pasó algo anoche. Supongo que no lo lastimó tanto como pensé. Está escuchando a un amigo ahora y no me mira.

Eso es todo.

De ninguna forma entraré a ese salón. Estoy demasiado vulnerable y expuesta. No puedo fingir que todo está bien cuando *no* lo está.

Cuando pasa el grupo de alfa-diotas, agacho la cabeza y miro al suelo. Sólo que, a último momento, no puedo evitarlo. Miro a Cole otra vez.

Él también me mira. Al mismo tiempo.

Nada cambia en su rostro; su sonrisa engreída sigue firmemente en su lugar. Si pestañeara me lo perdería, pero me guiña el ojo.

Y sólo así, todo está bien otra vez.

No, no bien. Pero mucho mejor. Puedo respirar. Puedo pensar claro.

Saboreo ese guiño, un secreto compartido entre nosotros, y sigo caminando, derecho hasta la puerta del pequeño espacio de árboles con sombra que me mostró Rayne.

Como dijo Cole, no tengo que ir a clases si no quiero.

De hecho, probablemente pueda seguir trabajando en el proyecto del periódico si quiero como mis propios estudios independientes. Puede ser parte de mi chantaje. Brumgard tiene que publicar lo que sea que compile.

Sintiéndome mucho mejor, saco un cuaderno e intento recordar la lista de posibles artículos que pensé en el pizarrón ayer.

Cole tenía razón. Sí tengo el poder.

Y pienso usarlo.

* * *

Cole

La nariz de Brumgard está hinchada tres veces su tamaño normal y tiene ambos ojos negros. Lo escucho decirle a un chico que le dieron un portazo en la cara cuando entro.

Le cerrarán una puerta en el miembro si menciona el nombre de Bailey.

Bailey tiene la misma expresión pálida de antes de clase que ayer; diablos, ¿fue ayer? Se siente como hace semanas. Me hace querer golpear a Brumgard de nuevo.

Pero me alegra que ella no haya venido a clases.

No debería tener que escuchar otra lección de Brumgard.

Y personalmente me aseguraré de que escriba las mejores recomendaciones para la universidad que se hayan creado. Camino hacia el escritorio y leo los papeles hasta que suena la campana y se acerca. Enojo y miedo pasan por su rostro cuando me ve.

Me acerco, usando la ventaja de moverme en el salón mientras los chicos se sientan para decir lo que tengo que decir. Por el destino, la mayoría de la clase tiene audición transformista, pero Brumgard no, así que hablar en voz baja no funcionará si hay alguien escuchando.

Huelo su miedo.

—Bailey no vendrá a clase, pero no la marcará como ausente, —murmuro.

No espero su respuesta. Sé que hará lo que le pida.

Tiene que hacerlo. Tengo tanto sobre este tipo ahora mismo, es una locura.

Me dirijo a mi asiento en donde me dejo caer, cruzo los brazos sobre mi pecho y lo miro mal mientras el comienza con la lección.

Cada vez que mira hacia mi lado, pierde la concentración y se traba, se olvida lo que está diciendo. Me regocijo con el sudor que cae por su frente.

Será mejor que sude.

Será mejor que sude por mí todo el resto de su vida.

Maldito pervertido.

Austin me llama y levanta el mentón hacia la silla vacía de Rosa.

—¿Dónde está la *humana*? —Me dice la última palabra con la boca, aunque la mayoría de los estudiantes de Wolf Ridge son una manada. Hay algunos humanos ingenuos que vienen aquí, probablemente sean menos del veinte por ciento, y todos son marginados sociales como Bailey. Pero en cuanto a los profesores, no somos tan homogéneos. Más de la mitad de ellos son humanos. Alfa Green piensa que es más importante para la integración que aprendamos a mezclarnos con la cultura estadounidense sin que los humanos sepan qué somos.

Lo miro mal porque no le diré dónde está Bailey, y además sigo enojado por la razón de su ausencia.

Él levanta las cejas.

Obligo a mi entrecejo a relajarse y muevo los hombros como si no me importara una mierda.

Dudo lograr engañarlo, sobre todo porque Austin me conoce mejor que nadie, pero la historia de Bailey no es mía para contarla.

Pienso en Rosa. Lo que sé ahora de ella. El aroma de sus lágrimas. El sabor de su piel. La forma en la que su trasero se siente en mis manos.

Ella me entregó su vulnerabilidad ayer.

Me robó la mía.

Sigo queriendo odiarla. Sobre todo, después de lo que presenció en mi casa.

Pero no la odio.

Ahora estamos juntos en esto. Hemos compartido nuestras pesadillas.

Y cuando tomé de ella, se entregó.

Me dejó besar sus labios hinchados. Me dejó hacérselo con ropa contra una pared.

Me desperté esta mañana pensando en que necesitaba espacio. Quitarme a esta humana de la cabeza antes de que se metiera más en mi mente.

Planeaba fingir que no existía cuando la vi hoy. Pensé que probablemente también necesitara espacio.

Pero no duró. Ni bien la vi, volví adonde estuvimos anoche, parados entre nuestras casas bajo la luna.

Y ahora ya estoy necesitado de más.

Necesito terminar con esto que empecé con ella.

No puedo detenerme hasta ser completamente dueño de Bailey Sánchez. Hasta que me haya dado cada secreto, cada mentira, cada lágrima. Anhelo el momento de tomar todo de ella.

Lo deseo como mi próxima respiración.

* * *

Bailey

Después de la escuela, me quedo cerca de mi casillero. Es estúpido, perderé el autobús si no me apresuro, pero quiero ver a Cole. Quiero hablarle de nuevo. Saber qué pasó en la clase de periodismo. Decirle lo que decidí.

Espero hasta tener que correr para tomar el autobús, y luego me rindo, cierro mi casillero y camino por los pasillos que se están vaciando. Cuando doblo hacia el pasillo de los se segundo y quinto año, me tropiezo.

Casey Muchmore está en su casillero con un grupo de amigas y cuando me ve, parece que quiere mi sangre. Les dice algo a sus amigas y las deja, camina directo hacia mí. Sus amigas se quedan en sus casilleros, pero miran con una fascinación enfermiza.

Me digo a mí misma que no debo tener miedo de alguien de una clase menor, pero no funciona. Después de cómo se asustó Rayne de que Adriana fuera a lastimarme, no estoy segura de qué esperar de las chicas de Wolf Ridge. Suena a que son tan propensas a meterse en peleas como los chicos, lo que realmente me asusta.

Quiero fingir no verla y seguir caminando, pero no es lo correcto. Vi algo feo anoche con su familia, y si está enojada, probablemente sea en parte porque está avergonzada de lo que vi. Así que no me haré la distraída, por mucho que quiera.

Resulta que no podría haberlo hecho de todos modos. Ella planta su cuerpo directamente en mi camino para que tenga que detenerme. Su postura es agresiva: manos en las caderas, mentón levantado, mandíbula tensa.

—Lo lamento si causé un problema, —le digo de inmediato, aunque no es mi culpa que su padre sea un bastardo abusivo.

Sus fosas nasales se agrandan.

—Así fue, —me responde—. Mantente lejos de mi hermano o te patearé el trasero. Él te odia de todos modos.

Ella buscaba herirme y lo logró. Ya sea cien por ciento real o sólo en parte, su púa me atraviesa porque sé que tiene razón.

Cole sí me odia.

Anoche hube violencia en sus besos. Enojo, culpa, resentimiento guardados.

Pero igual fueron besos.

Besos que encendieron un incendio dentro de mí. Que me mantuvieron despierta toda la noche, tocándome, intentando aliviar mi centro latiente.

Y tampoco dormí antes de encontrarnos afuera de su ventana. Me metí a la cama con mi mamá cuando volvió, y le conté sobre Cole y ambas lloramos un rato por la situación de al lado.

No le conté acerca de Brumgard. Sigo sin estar lista para abrir ese tema con nadie más que Cole.

La mirada de Casey va de mi rostro al final del pasillo detrás de mí y sonríe.

Giro para ver a Cole y a sus amigos reunidos; Cole mira al final del pasillo adonde estamos.

Casey me señala con un dedo en mi rostro.

—Hablo en serio. Mantente alejada. —Ella empieza a retroceder.

—No te metas, Case. —La voz de Cole es grave y sus pasos son silenciosos cuando se nos acerca sin sus amigos.

Casey deja de retroceder y se enfrenta a él.

—Rosa es mi problema, no el tuyo.

Su problema.

Tengo la necesidad de simplemente irme. De escapar esta conversación acerca de mí entre hermanos. De irme antes de que se retuerza más el cuchillo.

Pero mis pies no obedecen a mi cerebro. Se quedan plantados justo donde están. Necesitan estar cerca de Cole.

—Métete y te arrepentirás, hermanita, —advierte Cole.

Estoy un poco aliviada de ver que, a pesar de la amenaza, ella no parece tener miedo. Su padre podrá ser abusivo, pero los hermanos son unidos. Casey sólo lo mira como si intentara descifrar sus intenciones.

O quizás esa es sólo mi proyección por yo misma estar un poco desesperada por conocerlos.

Después de unos segundos, ella niega con la cabeza como si estuviera asqueada por ambos y se aleja.

Cole toma su brazo y acaricia su espalda. —Déjalo, Case. No te metas en mis cosas.

Ella vuelve a mirar hacia mí, luego a Cole.

—Nos afecta a ambos, —dice tensa.

Se me retuerce el estómago. Ella tiene razón. Si Cole pasando tiempo conmigo enfurece a su papá, afectaría a ambos.

Cole niega con la cabeza.

—No sucederá nada más. Ahora *déjalo*.

Su rostro se ruboriza un poco.

—Bueno. —Ella voltea y se aleja, vuelve con sus amigas mientras me quedo ahí con mis mejillas prendidas fuego.

—Le dije a Brumgard que no te pusiera como ausente, —murmura Cole ni bien se va ella—. Todo está bien.

Mi alivio no es por estar siendo marcada como ausente o presente; es saber que Cole me apoya. Mis hombros se relajan. Meto mi cabello detrás de una oreja y agacho la cabeza, de repente tímida.

—Gracias.

Pero por supuesto, Cole no puede simplemente ser amable.

—No quiero tu agradecimiento, —se burla y me pellizca el mentón para levantarlo.

Me estremezco bajo su mirada oscura.

El odio sigue allí.

No sé por qué mi centro se tensa y mis dedos de los pies

se doblan cuando me mira así. Debe haber algo malo en mí. ¿Por qué a una chica la excitaría una mirada de odio?

Saca el teléfono de su bolsillo trasero y me lo empuja. Es un modelo viejo y la pantalla está rota.

—Envíate un mensaje, —me ordena.

Esta vez no soy tan tonta como para emocionarme. Quiere mi número; ¿y qué? Puede ser sólo para comunicarnos por Brumgard así no tiene que parar a hablarme en persona otra vez.

Me envío la palabra «mensaje» porque no se me ocurre algo inteligente y le devuelvo el teléfono.

Volteo para irme, pero toma mi brazo, igual que lo hizo con su hermana.

—Ey.

Giro para verlo con mi propia mirada de odio esta vez.

Su entrecejo se frunce y él baja su rostro hacia el mío.

—Nunca salgas de tu casa cuando esté mi papá, —me ordena—. No dejes que te vea. ¿Entendido?

Se me revuelve el estómago y toda la ansiedad por el gusta-de-mí, no-gusta-de-mí se evapora. Esto es mucho más grande que un problema adolescente. Cole vive una pesadilla todos los días.

—No importa lo que escuches, quédate adentro, —me advierte.

No puedo evitarlo. Las lágrimas caen de mis ojos.

—No, —me gruñe. Golpea un puño contra los casilleros detrás de mi cabeza, abollándolos—. No llores por mí, maldita sea.

Bajo la mirada porque estoy llorando más ahora y las lágrimas caen libres hacia mis zapatillas del Día de los Muertos.

Y entonces vuelve a pasar. Sus manos están en mi

trasero y en mi nuca, sus labios contra los míos. Es un castigo.

Una recompensa.

Una conexión.

No sé qué es, pero lo quiero tanto como él. Sus labios destrozan los míos, su palma aprieta mi trasero con la fuerza suficiente para dejar marcas de dedos. Su otra mano controla mi cabeza, la sostiene para el ataque de sus labios y lengua, la levanta hacia él.

Todo mi cuerpo tiembla por él.

No tengo sentido del tiempo, pero pasa una eternidad. Un pestañear de ojos. No lo sé.

Luego de repente se separa, me suelta y se va hacia atrás. Un momento después, un profesor dobla hacia el pasillo y se detiene, las manos en sus caderas recatadas,

—¿No se supone que estés en la práctica, Cole?

¿Lo escuchó venir? Eso no tiene sentido. Pero él inclina la cabeza como si escuchara algo y luego sonríe.

—Perdiste tu autobús, Rosa. Parece que tendrás que caminar.

Idiota.

¿Me está provocando? ¿O lo hizo a propósito? Hacerme pensar que le gusto, hacerme temblar por él, ¿sólo para hacer de mi vida un infierno?

Lo miro mal y volteo, me apresuro por el pasillo para esconder mi rostro hirviendo.

—Rosa.

No me detengo.

Te quiero en mi juego el viernes.

Sostengo una mano para mostrarle el dedo extendido, sin parar o mirar hacia atrás.

Escucho su risa mientras salgo del edificio.

Que se vaya a la mierda. Seguro planea humillarme de alguna nueva manera. No seré tan estúpida de obedecer.

* * *

Cole

Camino por el pasillo, paso a la Sra. Eller, la profesora de francés y miembro de la manada. No podía dejar que me atrapara besando a Rosa. Probablemente le diría al Alfa Green que lo estoy haciendo con una humana. O quizás intentaba salvar a Rosa de mi tormento. Esa también es una buena posibilidad. No se me conoce por mi amabilidad aquí.

No quise volver a besar a Bailey. Pero esas lágrimas. No sé qué es. El hecho de que este pequeño derrame de lágrimas humanas por mí; por el tipo que no ha sido más que un idiota hacia ella. Me provoca algo.

Ella sabía a frutillas y melón hoy. Y su aroma a miel dulce y galletas, que por alguna razón, mi lobo empieza a amar.

Ahora está sobre mí; en mis palmas, en mi rostro. El frente de mi camiseta en donde me apoyé contra ella. Llevo mi palma a mi nariz e inhalo profundo.

El placer me recorre.

Placer y necesidad. Se me puso dura ni bien la toqué y me duele el miembro ahora porque quiere liberarse. Y no es que tenga tiempo de tocarme en el baño del vestuario antes de la práctica. Ya llego lo suficientemente tarde como para que el entrenador me haga correr unas vueltas.

En el vestuario, me saco la camiseta y me la llevo a la

nariz. Mierda, huele bien. Meto la camiseta en el fondo de mi mochila para masturbarme con ella luego.

Quizás Bailey deje su cortina levantada mientras se cambia esta noche. Una vez pude ver sus senos cuando se acababa de mudar. Ella salía del baño con una toalla y la dejó caer antes de darse cuenta de que la persiana estaba levantada. Me reí mucho cuando buscaba bajarla con una mano e intentaba cubrir esos pezones chicos y duros con la otra.

Quizás le ordene dejarla levantada para ver si cumple. Puede que lo haga. Sentí la forma en que temblaba cuando la besé. Ella volvió a abrirse a mí, como si hubiera estado esperando que la reclame. Aunque sabe que soy lo peor para ella.

Soy su debilidad.

Como ella es la mía.

Capítulo ocho

Bailey

—Creo que necesitamos una columna de chismes. —Rayne toca el vidrio de la mesa de mi cocina con su bolígrafo.

Todavía no le conté lo que sucedió. No es que no crea que vaya a darme el apoyo de una amiga, es más bien que no logré comprenderlo aún. Y la historia de Cole está unida a la mía y no se siente apropiado compartir esa parte.

Sí le conté que abriré un periódico escolar y le ofrecí ser la editora, lo que aceptó.

Entonces, tenemos una gran reunión editorial en mi casa después del colegio.

No se nos han ocurrido buenas ideas, pero no me molesta. Es lindo tener compañía.

Ha pasado un largo tiempo.

—Esta ciudad no necesita más chismes. Pero podríamos hacer algunos artículos especiales. Destacar a algunos de los estudiantes menos populares y conocidos y sus talentos.

La boca de Rayne se abre como si hubiera dicho algo asombroso.

—Guau. ¿Podemos hacer eso?

—¿Por qué no? Todos probablemente ya sepan todo acerca de Adriana, la dulce y adorable reina del baile de bienvenida que quiere matarme.

Rayne se ríe.

—Pero saben... no lo sé, ¿algún talento oculto de alguna chica tímida a la que nadie le habla?

Un brillo pensativo ilumina el rostro de Rayne.

—Quiero escribirlos. Sé exactamente a quienes destacar.

—¿Lo sabes?

—Sip. Y empezaré contigo. Hay muchos chicos como tú a los que la gente se niega a conocer.

—¿Chicos como yo?

No sé por qué insisto. Sé que ya me dijo que mi rechazo no era una cuestión racial, pero igual siento que hay algo.

Cuando Rayne baja la mirada al cuaderno demasiado rápido, esa sensación se refuerza. —Me refiero a chicos que no son originarios de Wolf Ridge o que no viven aquí, pero van a la escuela por los deportes o lo que sea. Foráneos.

Algo no suena verdadero en sus palabras, aunque no puedo discutir con lo que dice. Sólo sigo pensando que hay algo más. Quizá Brumgard tenía razón; todos son parte de algún culto cerrado.

No me gusta el escalofrío que recorre mis brazos y la piedra que se asienta en la boca de mi estómago.

¿Wolf Ridge tiene un secreto? Si así es, ¿qué carajos será?

* * *

Cole

. . .

Es el juego de bienvenida y el estadio está repleto. Sigo recorriéndolo, buscando a Rosa.

Le dije que viniera.

Ella me mostró el dedo.

Pero no significa que no estará aquí. Y si así es, lo contaré como una gran maldita victoria. Si viene, me aseguraré de volver a ponerle las manos encima. En todo su cuerpo.

Le envié una palabra la noche en la que me pasó su teléfono.

—Yo.

Quería que tuviera mi número por si quería comunicarse por lo que Brumgard. Al menos eso me dije.

No estuve totalmente sorprendido de que no respondiera.

He sido un idiota con ella y no confía en mí, aunque quiere hacerlo.

No puedo decidir si *yo* quiero que lo haga.

Todo lo que sé es que ella es mi obsesión. Miro hacia su ventana todas las noches con el miembro en la mano, pensando en las cosas que quiero hacerle.

Ya es el último cuarto del juego cuando veo el cabello de mopa rubio-blanco que le pertenece a la enana de la manada, Rayne. Y junto a ella, la sensual humana nerd.

Mi humana sensual.

Puede que ella todavía no sepa que es mía, pero lo sabrá. Su pequeña amiga Rayne ya lo sabe.

Lo que no sé es qué haré con ella. Todo lo que sé es que es mía para atormentar. Mía para castigarla. Mía para... protegerla.

Sí, definitivamente está bajo mi protección.

Cuando vi a Casey amenazarla, tuve que hacer un esfuerzo por controlar mi temperamento. Por actuar humano y no mostrarle un poco los dientes para reforzar lo mío. Mi jurisdicción. Nadie amenaza a la sensual de los libros, excepto que yo.

Nadie la toca.

Así que me siento glorioso porque esté aquí. Le dije que viniera y lo hizo. Es una victoria total, y una que celebraré esta noche. Con ella, si puedo pensar en cómo deshacerme de mis amigos sin que sepan qué planeo.

Estoy tan feliz que me meto mucho con la pelota. La arrojo un campo entero para hacer un touchdown antes de darme cuenta de lo que hago.

El estadio tiembla con un rugido de aprobación de la multitud, pero puedo ver que el entrenador Jamison me mira desde el costado. Ah claro, levanta el puño en el aire como se supone, pero su postura es de molestia, no de victoria.

Nuestra defensa se contiene para la próxima pelota y dejamos que nos hagan un gol.

Apenas presto atención. Todo lo que pienso es meterme entre los muslos de esa hermosa humana exasperante en las gradas.

Me hago el desentendido. Me equivoco con la pelota para compensar mi entusiasmo anterior. La vuelvo a robar en el último minuto para hacer otro touchdown. Corro por el campo como el macho que soy, regodeándome con los festejos de los fanáticos. Mi papá también está aquí.

Eso solía significar algo diferente para mí. Solía darlo todo, sabía que nos sentaríamos después del juego y analizaríamos todo. Cada movimiento que hice, cada jugador de cada equipo. Ahora viene, pero está bebiendo. Grita muy fuerte, me da vergüenza. Después del juego apenas recuerda lo que sucedió.

Pero siempre estoy muy consciente de su presencia.

Sigo queriendo complacerlo, aunque ya no le importe como antes.

Ganamos el juego sin vencer demasiado al equipo contrario, lo que siempre es nuestra meta, y nos golpeamos los traseros mientras regresamos al vestuario. Voy directo a mi casillero y tomo mi teléfono.

Viniste, le envío a Rosa.

Estoy satisfecho porque responde de inmediato. *Sólo por Rayne.*

Sonrío. *Mentira. Viniste porque te lo pedí.*

Eso no fue un pedido. Fue una orden alfa-diota.

Mi sonrisa se agranda más por su uso de un término muy de Wolf Ridge. *Bebita, no sabes nada sobre los alfa-diotas. Pero me encantaría enseñarte.*

Molestar a Rosa siempre es el objetivo, pero donde antes había una amargura sombría, ahora se está convirtiendo en algo más. La necesidad de molestarla es igual de intensa, pero cómo me hace sentir es diferente.

Definitivamente alfa, tiene razón.

Nah, estoy bien, responde ella.

—¿Por qué sonríes? —Pregunta Bo, mirando por encima de mi hombro.

Escondo el teléfono de su vista.

—No te importa.

Austin y Wilde miran como si supieran exactamente a quién le escribo.

Malditos.

Vuelvo a mirar mi pantalla, intento pensar un plan. No pueden verme con ella, sobre todo mi padre. Ni mis amigos. Ni ningún miembro de la manada, lo que es prácticamente todos en este maldito estadio. *Encuéntrame en el estacionamiento de Dairy Queen en media hora.*

Miro fijo la pantalla, pero no responde.

Eso también me hace sonreír. Me gusta cuando me lo devuelve. Me gusta su coraje. Su boca inteligente.

Esas lágrimas sinceras.

Mi miembro se mueve y arrojo mi teléfono al casillero antes de que se me pare del todo frente a todo el equipo. Espero que venga esta noche. Será mejor que lo haga porque de lo contrario me aseguraré de encontrarla y tendrá que pagarlo caro.

Y eso también me hace sonreír.

Ni siquiera me calma el reto que me da el entrenador Jamison por tirar la pelota demasiado lejos.

* * *

Bailey

No hay forma alguna en que vaya a encontrarme con Cole Muchmore en el estacionamiento de Dairy Queen. No sé por qué mi estómago está anudado y cosquillea al pensar en eso.

Rayne y yo damos la vuelta a una cuadra en la que no da tanta vergüenza que nos recoja mi madre en su Corolla, todavía con la ropa de trabajo.

—Hola, chicas, ¿cómo estuvo? —pregunta demasiado contenta. Está emocionada de que me haya hecho una amiga.

—Bien. —Entro al asiento del frente y Rayne se sube atrás—. ¿Recién sales del trabajo?

—Sí. Decidí trabajar hasta tarde, como sabía que las recogería a ustedes dos. Dale a tu mamá las gracias por traerlas. —Mi mamá mira por encima de su hombro y le sonríe a Rayne.

Cambio la radio, pasando estaciones hasta aterrizar en una canción de los 80 que le encanta a mi mamá, *Friday I'm in Love* de The Cure.

Mi mamá le sube el volumen.

Cuando llegamos a la casa de Rayne, bajo para darle un abrazo.

—Ten cuidado, —murmura en mi oído.

Me alejo.

—¿Qué quieres decir?

—Te encontrarás con Cole. Sólo ten cuidado.

No le había mostrado los mensajes; debe haber espiado. Pero no estoy enfadada. Es lindo saber que me apoya.

—No iré, —digo rápido.

—Estás pensándolo.

Niego con la cabeza.

—Eres más inteligente de los de tu edad, ¿lo sabes?

—Eso pasa cuando eres la enana. Mucho tiempo para observar porque siempre te excluyen.

Me quedo helada, me lastima escuchar en su voz lo que sólo sentí acerca de su vida social.

—Mierda. Lo siento.

Ella se encoje de hombros y levanta su mentón hacia el coche.

—Ve. Tu mamá está esperando. Sólo ten cuidado. Cubre tus partes. Ella sonríe.

—Cubrir mis partes. —Resoplo—. Creo que ese es mi nuevo dicho preferido.

—Como debería serlo. Cuéntame cómo va todo.

—No iré, —insisto, pero ella sólo murmura «sí, claro» mientras va hacia su puerta.

Veinte minutos después, le digo a mi mamá que iré a Dairy Queen. Es una señal de lo rota que he estado que esté entusiasmada en vez de sorprendida.

—¿Llevarás el coche? —La esperanza en su voz es demasiado evidente.

—No, caminaré.

Ahora frunce el ceño.

—Eso suena como una mala idea.

—Wolf Ridge debe ser la zona más segura de todo el norte de Phoenix. Todos aquí se conocen. ¿Qué podría pasar?

Sus ojos se entrecierran.

—¿Por qué no me pediste parar ahí cuando pasamos? ¿Te encontrarás con alguien?

Meto mi mechón rosa de pelo detrás de mi oreja.

—Tal vez. Sí. No lo sé. Estoy llegando un poco tarde.

—Bueno, deja que te lleve de regreso allí.

—No, —respondo rápido. Las personas de dieciocho no deberían ser llevadas por sus madres. Es estúpido—. Te veo más tarde, ¡chau! —Salgo antes de que podamos seguir hablándolo.

Mientras camino por la calle, las conversaciones en mi cabeza corren maratones en círculos. Es una mala idea encontrarme con Cole Muchmore. Es un alfa-diota que busca ponerla. Quiere usarme. No, es peor que eso. Todavía quiere castigarme por lo de mi mamá. Y su papá. Y lo que vi y sé acerca de su vida privada.

Pero también es el tipo que golpeó a Brumgard en la cara. Y me llevó a un parque de juegos abandonado. Y se aseguró de que pudiera faltar a clase.

Y no le ha contado a nadie lo que pasó, hasta donde sé.

Así que no puedo simplemente olvidarlo. Y además está nuestra fuerte atracción física.

Llegué a la pubertad a los doce. Tuve mi período y pechos y caderas. Hice algunas cosas con algunos chicos en fiestas. Pero mi despertar sexual no llegó hasta que conocí a Cole Muchmore.

Es como si mi cuerpo se despertara con él. Me acabo de dar cuenta de que soy un ser sexual con necesidades y deseos. Y esos deseos pueden ser satisfechos por mi vecino sensual e idiota.

Así que sí. Es una mala idea, pero iré.

Estoy poniendo a prueba el destino porque esperé tanto que ahora llego tarde. Puede que asuma que no iré y que se vaya. Y eso estaría bien.

Tomo un atajo por aquí. Ha pasado una hora desde el mensaje de Cole y cuando llego, Dairy Queen cerró. El estacionamiento está vacío.

Excepto por la camioneta Ford clásica estacionada atrás en una esquina.

Mi corazón empieza a latir rápido. Esperó media hora para ver si llegaría.

Cole entra al lado del conductor, sus movimientos son lánguidos y agraciados para un tipo tan grande. El enojo irradia de él.

Me tropiezo, luego me detengo.

Cole también se detiene, deja un metro de distancia entre nosotros, como si viera que estoy asustada y no quisiera empeorarlo.

—¿Caminaste hasta aquí desde tu casa? Dios, Rosa, ¿estás loca? ¿Sí sabes que son las once de la noche, verdad?

Mis cejas se levantan con sorpresa. ¿Está enojado de que caminara? ¿No de que llegara tarde o de que pensara que no vendría?

—No conduzco, —le digo.

Él pone los ojos en blanco.

—Sí, lo sé.

Ahora se acerca más, que es exactamente lo que quiere mi cuerpo. Él inclina la cabeza hacia un costado.

—¿Por qué es eso, Rosa?

Niego con la cabeza. Definitivamente no hablaré de eso con él. Debo haberme frotado el tatuaje inconscientemente porque toma mis muñecas para frenar el movimiento y observa la calavera Catrina. En plena tradición del Día de los Muertos, está decorada con flores por ojos, vides y hojas. Una corona de rosas alrededor de la cabeza.

—¿Por esto? —Exige saber Cole.

La sorpresa me recorre ante su acierto. Intento alejar las manos, pero no me suelta.

—¿Quién era Catrina? ¿Murió en un accidente de coche?

Miro las estrellas para evitar que caigan las lágrimas que me llenan los ojos. De pronto no puedo respirar. Se me cierra la garganta. Estoy demasiado ahogada con los bordes filosos del dolor que me raspan y queman.

—Mierda, Rosa. —Cole suena sorprendido, como si lo que sea que ve en mi rostro lo perturbara. Él toma un lado de mi rostro y me lleva hacia su forma dura. Mi mejilla choca con su pecho musculoso e inhalo un llanto horrible y fuerte—. Mierda, —vuelve a murmurar—. ¿Quién era ella?

No he hablado de eso. Todos en mi antigua escuela sabían de eso. Todos tenían cuidado de no mencionarlo a mi alrededor.

Ahora sale todo junto. La culpa aplastante. El trauma. La agonía de la pérdida.

Mi mejor amiga, —digo con dificultad contra su camiseta. Mis lágrimas ya empapan su algodón suave—. La maté.

—Mierda. —Sus brazos se tensan a mi alrededor.

Lloro, tiemblo feo, gritos entrecortados contra el pecho de mi enemigo.

Igual de rápido que llega, se detiene. Como si tuviera un tsunami en mí que necesitaba salir y luego se calman las aguas.

Dejo de temblar y levanto la cabeza. De pronto quiero contarle Quiero decir las palabras en voz alta y tenerlo como testigo.

—Estaba conduciendo y el camino estaba lleno de hielo. Giramos fuera de control y chocamos contra una barandilla. Una pieza de metal entró por el parabrisas y le perforó el cráneo. Un minuto estábamos bromando sobre su habilidad de hacer palomitas, y el siguiente se había ido. No sólo ido, una escena que aparece en mis pesadillas. Mi mejor amiga, sus ojos sin pestañear y la sangre. Tanta sangre.

Siento la sorpresa de Cole, pero su rostro no muestra nada. Estoy agradecida de no ver empatía u horror. Sólo un sombrío reconocimiento.

—Entonces ahora no conduces. Es una afirmación.

Asiento.

—¿Porque tienes miedo o por castigarte?

Hmm. Buena pregunta. Estoy agradecida de tener la oportunidad de desatar este desastre enorme que ha sido mi pasado.

—Ambos, supongo.

Él niega con la cabeza como si fuera la respuesta equivocada.

—Conducirás, —dice con firmeza, como si estuviera en problemas y él fuera la ley. Toma mi codo con firmeza y me lleva hacia el lado del conductor de la camioneta.

Me resisto, pero es demasiado fuerte y seguro. Me empuja contra la puerta, presiona mi cuerpo contra el mío desde atrás. Su miembro está duro, pero no se siente totalmente sexual. Es algo más. Él pone su mano alrededor de mi garganta, pero no aprieta.

—Así será la cosa, Rosa. —Sus labios están junto a mi oído, aliento caliente que hace cosquillas en mis sienes—. Estaré a cargo de castigarte. Y el miedo, lo liberaremos. ¿Bueno?

No tengo idea en lo absoluto de que significa, pero mi cuerpo parece entenderlo. Las cosquillas corren por mi piel. Mi vagina se tensa. Presiona sus labios contra mi sien y los arrastra por la piel. No es un beso. Es algo más ardiente. Más cruel.

—¿A qu-qué te refieres? Logro decir.

Pero para mi decepción, él se aleja y me libera, pero es sólo por un momento. Abre la puerta de su coche y empuja mi torso hacia el asiento. Su mano baja a mi trasero, fuerte.

—¡Oh! —Grito con sorpresa.

Él aprieta el lugar donde me golpeó, frota para quitarme el dolor. Todo mi cuerpo explota en llamas, arde bajo sus caricias.

—¿Quieres que te castigue? Yo seré el que lo haga. Tú no. —Él me pega en el otro lado, igual de fuerte.

Grito, pero el dolor se transforma de inmediato en calor. Sobre todo, con su gran mano masajeando y frotando.

—Cole, —me quejo.

Él frota un poco más.

—Mierda, bebé. Me encanta cuando dices mi nombre así.

No sé qué está pasando. O sea, vagamente lo sé, pero igual soy virgen. Y esto va más allá del sexo de clase avanzada. Es de nivel posgrado. ¿Siquiera cuenta como sexo? No puedo estar segura; sólo sé que los escalofríos recorren mi cuerpo, la lujuria hace que mis dedos de los pies se doblen, es suficiente energía como para alimentar una ciudad.

—Cole. —No puedo evitarlo. Ni siquiera lo digo porque

él lo quiera. Sólo me quejo porque quiero más. Necesito más. Y ni siquiera estoy segura de qué implica el más.

—Di *sí, Cole.* —Él acaricia entre mis piernas, pero no sobre mi hendidura. Hacia un costado, sólo acaricia levemente donde lo quiero. Me está provocando a propósito. Me da tres nalgadas seguidas—. Yo te daré el castigo. Dime que estás de acuerdo.

Me estómago se da vuelta. Se retuerce. La emoción explota.

—Sí. Quizás, —acepto.

—*Sí,* —me corrige con firmeza—. Sabes que necesito ser el tipo que te castigue. Y tú necesitas que lo haga. ¿Verdad?

El *sí* está en la punta de mi lengua. Me tiene encantada. Todo mi sentido común salió volando por la ventana. Pero me agarro de un poco de razón.

—No estoy segura de qué estoy aceptando.

Su mano acaricia mi trasero, amasa y aprieta, hace círculos. Descansa la otra mano junto al asiento y se inclina para mirarme.

—Me encargaré de ti, Bailey.

Suena como una promesa. De nuevo, no sé bien qué significa, pero le creo. Creo en su sinceridad.

—Bueno, —susurro.

La satisfacción ilumina su mirada y él se siente, luego desliza una mano debajo de mis rodillas para levantarme y llevarme detrás del volante.

Entro en pánico.

—No. —Intento salir, pero me bloquea el camino—. Conducirás, —gruñe—. Esta noche.

Mis manos tiemblan en el volante cuando levanto la mirada hacia él, ruegan piedad.

—No puedo.

Él toma mi mano con ambas manos y me besa fuerte.

—Puedes. Y lo harás. —Él cierra la puerta fuerte y entra por el lado del pasajero, luego se sube—.

—Aquí, —me pasa las llaves. —¿Sabes cómo conducir manual?

—Sí. —Conducía una Subaru en Colorado. Mi mamá quería que aprendiera manual, así tendría esa habilidad. Me tiemblan las manos cuando pongo la llave, presiono el embriague y el freno y la enciendo—. ¿Qué harás si no lo hago?

—Te enseñaré, —dice de inmediato. Como si fuera evidente. Señala la calle—. Sal hacia la derecha por aquí.

Respiro de forma temblorosa. Su camioneta es tan diferente de la Subaru o del coche de mi mamá que no activa tanto mi PTSD. Controlo estar en primera y suelto un poco el embriague. Hay un movimiento que me hace gritar, pero luego estamos conduciendo en el camino. Estoy respirando con dificultad, me late el corazón mientras reviso y vuelvo a revisar los espejos retrovisores, pero está bien. No hay tráfico.

¡Estoy conduciendo!

Cole me dirige hacia las montañas. Al principio pienso que vamos al mismo parque de juegos secreto, pero en vez de eso me lleva a un mirador.

—Estaciona aquí, —me ordena y yo lo hago, con el alivio de apagar la camioneta y recostarme en el asiento.

—Lo hiciste. —La sonrisa de Cole es de niño. Feliz. Es una apariencia increíble en él; devastadora realmente. Cambia de posición para mirarme, pone una rodilla sobre el largo asiento y la otra contra el suelo—. Ahora tu recompensa.

En un instante, toma mi cintura y me lleva de espaldas al asiento, me levanta el vestido hasta la cintura.

—¡Cole!

Esa parece ser la única palabra que puedo decir, y en un momento, pierdo de la habilidad de articular del todo porque Cole hace mis bragas a un lado y presiona la boca contra mi vagina.

Me muevo ante el contacto suave de sus labios contra mis partes más sensibles. Cuando usa la lengua, casi me levanto del asiento. Tiene que bajar mi pelvis, sostenerme en el lugar mientras acaricia toda mi hendidura con la lengua de arriba a abajo, siguiendo la forma de mis labios internos, moviéndola en el ápice, donde se supone que está el clítoris, pero nunca lo encontré.

No importa. Cole sabe dónde está. Me tortura, golpetea, succiona, muerde. Grito y me retuerzo. Gimo y me quejo.

Mis piernas se mueven debajo de él. Estoy desesperada. Es demasiado intenso. Alejo su cabeza.

—Espera, —grito con voz rasposa.

Me reconforta su cumplimiento. Se detiene de inmediato y levanta la cabeza, observa mi rostro.

—Tienes miedo, —dice. No es una pregunta.

Me sonrojo.

—No lo sé. Sí. Tal vez.

—Pero te gusta. Puedo saborear tu néctar, Rosa. Sólo déjate ir. Toma tu recompensa. Te prometo que será buena. —Él estira la mano y me pellizca uno de los pezones a través de la tela del vestido y del sostén, luego le pega al costado de mi pecho. Repite la acción con el otro lado.

Mi boca se abre por la sorpresa, pero mi vagina late con una alegría total.

Y no protesto cuando hunde la cabeza otra vez para volver a darme placer.

* * *

Cole

No sé cómo mantengo controlado a mi lobo. Ella es la mujer más atractiva que he visto. Rostro sonrojado, cabello oscuro que enmarca su rostro como una tormenta, ojos salvajes y húmedos. Sabe como a todas mis fantasías en una y no puedo esperar a que acabe, maldición.

Pero está luchando contra eso.

Levanto la cabeza y froto su clítoris con el pulgar.

—¿Te haces acabar a ti misma, Rosa?

Ella niega con la cabeza.

—N-no, en realidad. Lo hice... después...

Levanto las cejas en una pregunta.

—Después de que me besaste.

La satisfacción explota en mí.

—Ah, bebé. Se lo hice tanto a mi mano anoche que casi me quiebro el pene.

Ella está asombrada, lo que me encanta. Supongo que soy un poco sádico. Nunca lo supe. O quizás sea sólo por ella. Sólo por Rosa. Porque tomó todo mi odio y lo transformó en algo sexual. Algo doloroso pero hermoso.

Mierda, darle nalgadas fue como encontrar el sentido de la vida.

Nunca antes me sentí tan poderoso. Pero tampoco de forma mala. Fue un maldito éxtasis. El aroma de su excitación llena mis fosas nasales mientras ella hace esos grititos sorprendidos de dolor. El hecho de que me *dejara* darle nalgadas así, de que le gustara.

Y de alguna forma cumplir ese rol me ayuda a mantenerme calmo. Las hormonas descontroladas de un lobo adolescente no me enloquecen como lo han hecho con otras chicas. Ah, definitivamente la deseo, a un punto que es doloroso, pero tengo las riendas de mi lujuria. Bailey me cedió el control, así que no puedo arruinarlo. Tengo que mantenerme controlado.

—¿Cómo te hiciste acabar? ¿Qué pasó? —Exploro su entrada cerrada, meto mi dedo índice en su canal mientras sigo tocando y frotando su clítoris con el pulgar.

Ella mueve la cabeza a un costado.

—Yo... em... usé mi mano.

—¿Dónde estabas, bebé? ¿En la ducha? ¿En tu cama?

—En mi cama, —jadea, arqueándose contra mi mano—. Boca abajo.

Sonrío con el secreto compartido.

—¿Saltando sobre tu mano?

—Sí, —suspira.

Saco mi dedo índice y meto el pulgar.

—Cuando diga que es momento, Rosa, te dejarás ir y acabarás. ¿Puedes hacer eso por mí?

Ella asiente rápido, como si estuviera ansiosa por obedecer.

—L-lo intentaré.

—Buena chica. —Meto el pulgar del todo y moldeo el resto de la mano sobre su monte, para poder poner presión sobre su clítoris. Luego empiezo a hacérselo con mi dígito más grueso. Ella está más cerrada que un puño.

Gime bajo y despacio.

Empujo más.

Su trasero se aprieta, su barriga tiembla con una respiración.

—Cole, —se queja.

—Acaba, Bailey, —gruño, mi propia necesidad empieza a nublar mi visión—. Acabarás cuando te lo diga, maldición, y gritarás mi nombre.

Ella acaba antes de que pueda volver a decírselo. Es

glorioso. Sus músculos toman y aprietan mi pulgar con pulsos rápidos mientras que sus rodillas presionan mis hombros.

Apenas espero a que termine y estoy de rodillas, sacando mi miembro y tocándolo.

Por un momento, ella está demasiado ida para saber lo que hago. Luego se asusta.

—¡Cole! —grita, sentándose con sus codos y mirando la cabeza violeta de mi miembro. Lo abuso con mi puño, masturbándome fuerte. Sólo me tomará treinta segundos explotar—. Y-yo no estoy lista para eso...

—Tranquila, Rosa, —gruño. Sé lo que piensa. Que tengo mi miembro afuera porque quiero hacérselo.

Y sí, quiero.

Pero no lo haré. No llevaría a una chica demasiado lejos. Y estoy enojado con ella por pensar que soy un idiota así, aunque sé que no le he dado razones para pensar lo contrario.

—¿Crees que no sé para lo que estás lista?

Ella me mira, sus ojos grandes.

—Se lo estoy haciendo a mi mano, eso es todo. Levanta más tu vestido, —le ordeno—. Muéstrame las tetas.

Ella se relaja, una sonrisa seductora aparece en su rostro y se sube el pequeño vestido por encima de los pechos, me muestra su lindo sostén rosa.

—Sácalas. —Mi voz es áspera y bruta. Mi miembro se estira y avanza, desesperado por completarlo.

Ella baja las copas del sostén y me muestra sus tetas perfectas. Esos pezones rosa oscuro sobre los lindos globos gemelos.

—Apriétalas. —Apenas puedo hablar. Mis ojos empiezan a ponerse en blanco por el placer.

Cuando obedece, me acerca al borde y lanzo, bendiciendo su barriga y sus tetas con mi esperma.

Y luego estoy cambiado. Ni bien se zafa el tornillo de la necesidad, caigo en la gratitud. En la humildad. Hasta en el afecto. Guardo mi miembro y me quito la camiseta con una mano. La uso para limpiarla. Luego la vuelvo a acomodar, meto sus tetas de nuevo en las copas, beso la parte superior de cada una. Paso mis labios por su clavícula. Por su barriga. Acomodo sus bragas y beso su monte.

—¿Estás bien, bebé?

Su expresión se suaviza. Hay asombro en ella, como si no tuviera idea de que un orgasmo pudiera hacerla sentir tan bien. O quizás no tenía idea de lo que le hace a un tipo. Lo mucho que quiero recompensarla ahora mismo por mover mi mundo.

Ella asiente.

—¿Segura? —Acaricio la parte externa de su muslo, todo el camino hasta sus bragas. Su piel es tan suave y lisa. Tocarla es un maldito privilegio. Bajo la cabeza otra vez y beso la parte interna de su muslo, junto a la rodilla. Beso un poco más arriba—. Estabas tan hermosa cuando acabaste, maldición.

Es gracioso lo fácil que es ser honesto con ella en mi euforia post-orgasmo. Dejo caer mi armadura y le cuento la verdad; lo mucho que me gusta, a pesar de cómo empezó todo esto.

—Bailey. —Ella no me ha respondido. Creo que probablemente todavía sea incapaz, pero quiero asegurarme—. Háblame, Rosa.

Ella lucha por volver a incorporarse con sus codos.

—Sí, estoy bien. Estoy bien. —Ella luce desorientada y desaliñada. Hermosa.

La ayudo a sentarse y la pongo sobre mi regazo. Este es

uno de esos momentos en lo que amo conducir una camioneta clásica. Vale la pena totalmente para el sexo. Asientos grandes y largos. Cabina alta. Perfecto. Bromeaba que tiene un doble propósito con los chicos cuando empecé a restaurarla.

Ella se sienta tiesa sobre mi regazo, como si no supiera qué hacer.

—Ven aquí. —Empujo su espalda contra mi torso hasta que se relaja y apoya la cabeza contra la mía.

Nos sentamos en silencio por un momento y la realidad se hace presente.

Estoy actuando como si fuera dueño de Bailey Sánchez, como si la hubiera marcado con más que mi esperma. Como si la hubiera mordido para reclamarla y hubiera declarado mis intenciones por siempre.

Pero nada de eso es remotamente real. Ella es humana. Una relación con ella está prohibida. Y no es sólo cualquier humana, sino la hija de la némesis de mi padre. Podría verse como una total traición.

—¿Qué hora es? —Pregunta Bailey, como si su cabeza también hubiera estado trabajando.

Saco el teléfono y lo miro.

—Las doce y media. ¿Estarás en problemas?

—Algo así. No lo sé. Debería regresar.

—Bueno. —Abro mi puerta. Podría hacerla conducir más para asegurarme de que esté cómoda, pero dudo de su habilidad para tener la mente clara y concentrada en este momento.

Será otra vez.

Y allí esta: Definitivamente volveré a ver a Bailey.

Debo hacerlo.

Salgo de abajo de Bailey y la dejo en el asiento del pasajero antes de cerrar la puerta con cuidado y dar la vuelta.

Conducimos de regreso en silencio. Detengo el coche al final de nuestra calle y dudo. No puedo volver a llegar con ella en la cabina.

—Me bajaré aquí, —ofrece, probablemente me lea la mente.

—A la mierda con eso. —Estaciono la camioneta y me bajo—. Te acompañaré caminando hasta tu casa.

Voy hasta su lado. Ella se baja y tomo su mano. No se mueve, sólo me mira como si no pudiera creerlo. Supongo que sí parece que me hubieran hecho un trasplante de personalidad.

—No te preocupes. Seré un idiota de nuevo mañana.

La rosa que sale de sus labios suena aliviada.

—Ven aquí. —Tomo su rostro y beso sus labios. No son los besos violentos y que causan moretones de antes, si no algo diferente. Una disculpa, tal vez. Por haber sido un idiota.

Por el idiota que volveré a ser.

Vuelvo a besarla, luego empiezo a caminar.

—Vamos. No quiero que estés en problemas. —Camino a su lado e intento ignorar lo cómodo que se siente ser su acompañante. El tipo que la protege cuando está caminando a la noche por la calle. El tipo que sostiene su mano.

Sólo me detengo antes de llegar a su casa.

—Esto no terminó, —le digo, como si fuera una advertencia.

Y lo es.

Su mirada está alerta.

—Tienes pecados por los que redimirte. Y soy el tipo que te hará pagar. —Señalo su pecho.

Sus labios se elevan en las comisuras como si la emocionara.

Bien.

Yo también estoy emocionado.

No puedo esperar a volver a golpear ese trasero.

La dejo ir sin más besos.

—Sé buena, bebé, —digo, y vuelvo a caminar hasta mi camioneta.

Ella sólo se queda parada allí, sonriendo.

Es la primera vez que la veo sonreír así. Tan feliz y relajada. Libre.

Yo logré eso.

La satisfacción me recorre.

No hay mucho bueno en mí. No hay mucho en lo que sea bueno.

Pero hacer sonreír a Bailey acaba de subir a la cima de mi lista de metas a corto plazo.

Capítulo nueve

Bailey
El próximo día, me siento detrás del volante del Corolla de mi mamá, intento tomar coraje para girar la llave.

Es extraño lo mucho que quiero hacerlo. Como si lo hiciera por él. Para complacerlo.

Y también hace que mi pecho se sienta cálido y viscoso al pensar en lo mucho que hizo por mí anoche. No la parte de comerme, aunque eso me voló la cabeza. Sino hacerme conducir. Reclamar el trabajo de ser mi castigador.

No estoy segura de lo que pienso acerca de eso.

Sabes que necesito ser el tipo que te castigue. Y tú necesitas que lo haga.

No es difícil ver por qué podría disfrutar lastimarme. Represento el pozo de mierda que es su vida ahora. Y tiene razón, lo acepto. Porque quiero que me castigue.

Y el hecho de que termine satisfaciéndonos a ambos significa que no está mal... ¿verdad?

Tomo una respiración profunda y giro la llave. El coche arranca y lo pongo en marcha. Salgo del garaje.

Mi mamá sale por la puerta principal con la boca abierta por la sorpresa.

Saco la mano del volante para saludarla brevemente y conduzco por la calle, todo el tiempo inhalo profundo para calmar mi estómago revuelto. Conduzco por la ciudad. Paso por el estadio. Voy hasta el camino de tierra donde está el parque de juegos escondido. Estaciono y salgo, me meto debajo del túnel de ramas que dan al parque secreto. Es hasta más magnífico con el brillo del sol de mañana. Las estrías en las paredes del cañón sirven como una obra de arte gigante de la naturaleza para una gran sala de estar al aire libre.

Hoy está hermoso. A esta altura del año, la gente está feliz de vivir en Arizona. No con el calor sofocante de agosto, cuando los mudamos aquí. Estaríamos esperando la primera nevada en Colorado, pero octubre todavía es cálido en Arizona. Estoy celebrando con mis nuevos pantalones cortos bien cortos y un top halter.

Me tenso cuando escucho que estaciona otro coche.

Quizás no es tan secreto como pensaba.

Pero es Cole el que sale caminando entre el arco, con su sonrisa torcida de sabelotodo, las llaves colgando de sus dedos.

No dice nada, sólo viene hacia mí y no se detiene. Su cuerpo se choca con el mío y me hace caminar hacia atrás, hacia el edificio sin techo, donde me levanta de la cintura y me sienta sobre una superficie lisa de madera. Mi bolso se cae al suelo.

—Alguien merece otra recompensa, —ronronea.

Oh Dios.

Mi vagina se tensa. Mi estómago vuelve a darse vuelta.

Por supuesto que he estado pensando en la recompensa de anoche sin parar, pero otra cosa es repetirlo con la luz del día. En un lugar al aire libre donde podría venir cualquiera.

Bueno, quizás no cualquiera, ya que es nuestro parque secreto. Pero igual. Me sonrojo al pensarlo.

Cole me separa las rodillas y acaricia ligeramente la costura de mis pantalones cortos, envía enormes cosquillas por mi barriga. —¿Quieres mi boca allí de nuevo?

—Em... —Me late fuerte el corazón. Estoy tanto emocionada como aterrada de hacer esto de nuevo a la luz del día —. No estoy segura.

Cole inclina la cabeza y levanta una ceja.

—¿En serio? —Su voz se llena de incredulidad—. Bueno, ¿sabes de qué estoy seguro?

Niego con la cabeza.

—Estoy seguro de que quiero volver a golpear ese trasero de nuevo. —De algún modo me gira con destreza para estar boca abajo sobre la madera, con las piernas colgando. Me desabrocha los pantalones cortos y tira rápido de ellos para que caigan al suelo—. Y estoy definitivamente seguro de que quiero ver las marcas de mis manos hoy.

Mi trasero se tensa. Explotan más cosquillas.

Él pone los pulgares en el elástico de mis bragas y las baja de a poco. Tengo la sensación de que se está tomando su tiempo en caso de que proteste, lo que me da más confianza.

Creo que puedo confiar en Cole, a pesar de todo.

El aire frío llega a mi trasero cuando mis bragas cuelgan entre mis muslos.

Me golpea el trasero.

—¡Auch! —Duele más sobre le trasero desnudo. Mi piel cosquillea y arde mientras Cole hace un gruñido de satisfacción en su garganta. Acaricia lento con su palma encima del lugar donde acaba de golpear, como si admirara la curva de mi trasero.

Golpea el otro lado. Me ahogo con mi respiración.

—Hermoso, —murmura. Presiona una palma sobre mi espalda baja y me da cinco nalgadas fuertes consecutivas.

—¡Auch! ¡Cole, detente!

Y lo hace. O supongo que ya lo había hecho antes de que lo dijera. Acaricia con su palma sobre mi trasero otra vez e inclina su torso sobre el mío para hablarme en el oído.

—¿Quieres que me detenga porque duele, Rosa, o porque te excita?

Se me corta la respiración. Trago saliva.

—Porque es humillante, —admito. Eso es lo que en realidad me hace sentir inquieta y temerosa. No que me lastime de verdad. No que lleve las cosas muy lejos; ha probado que no lo hará. Pero rendirme ante él, y no estoy segura de si vale mi vulnerabilidad.

Me muerde la oreja.

—Ya tenemos las humillaciones del otro, Rosa. Sabemos los secretos del otro.

Jadeo debajo de él, mi vagina está húmeda, el bulto de su miembro presiona contra mi trasero desnudo. Cierro los ojos, las sensaciones son demasiado. La intensidad de su mirada sobre mí me expone demasiado.

—Ya tienes mi humillación. Viste que me dieron una paliza frente a todo el maldito barrio. Tu presencia al lado es una humillación diaria para mi papá. Para mi familia.

No menciona que también me vio con Brumgard, lo que aprecio. El incidente no tiene que meterse en este momento.

—Así que seguiré golpeando este trasero todo lo que quiera, Rosa. Y sabiendo que te excita porque estas chorreando. —Él mueve su miembro de mi trasero y desliza un par de dedos sobre mi hendidura.

Jadeo.

Tiene razón. Estoy empapada. Ni siquiera sabía que era posible estar tan mojada. No tenía idea de lo que mi cuerpo podía hacer para prepararme para el sexo.

No es que vaya a tener sexo con él.

Vuelve a golpearme, pero no tan fuerte, como si me tuviera piedad o modulara la intensidad hasta estar seguro de que me guste.

—Como lo veo, me debes tus humillaciones, Rosa. Y las tomaré todas, una por una, hasta que estés expuesta para mí.

Un escalofrío recorre mis muslos.

Escucho el ruido de sus pantalones y volteo para verlo sacar su miembro.

—No te lo haré, Rosa, —dice de inmediato, como si supiera que estoy por asustarme otra vez—. Juntarás esos muslos sensuales y pasaré mi miembro justo por encima de tu linda hendidura hasta que ambos acabemos.

Dios. Mío.

Estoy tan fuera de mi zona de confort, y sin embargo todo se siente tan posible. Tan necesario. No cuerpo no necesita instrucción. Ya sabe que esto me excita totalmente.

—¿Entendido? —pregunta. Está hablando con su lenguaje normal de alfa-diota, pero me doy cuenta de que en serio espera una luz verde.

—Sí, —jadeo.

—Buena chica.

No sé por qué me gusta que me diga eso, excepto que tal vez siempre intento ser la chica buena. Pensé que era una hasta el accidente.

Él frota su miembro por la raya de mi trasero, luego lo desliza entre mis muslos, como prometió. El acero aterciopelado se desliza por encima de mi entrada y la pasa; envía escalofríos de placer por mis piernas. Se siente mejor que sus dedos.

Él tiembla.

—Mierda. Demasiado peligroso, —dice.

No estoy totalmente segura de a qué se refiere, quizás a que podría resbalarse hacia adentro. O que no podrá contenerse. Va hacia atrás y escupe su mano, la frota sobre su miembro y empuja entre mis muslos.

—Mantenlos bien cerrados por mí, Rosa. ¿Puedes hacerlo? —Su voz suena grave y seria. Un poco desesperada.

—Sí.

Él tira mis caderas hacia atrás y toma mi mente desde el frente, justo de la forma en que me toco a mí misma cuando me masturbo. Gimo y me froto contra él mientras se lo hace a mis muslos internos en la parte que puedo apretarlos más.

—Mierda, Rosa, —maldice. Me gusta cómo se quiebra su voz, como si estuviera perdiendo el control. Desliza un dedo en mi interior, pero no creo que pueda concentrarse en ambos al mismo tiempo. Su respiración está entrecortada. Después de un momento, sale hacia atrás y golpea mi trasero. Saca las bragas de mis piernas y me vuelve a golpear —. Abre las piernas, Rosa. Lo más que puedas.

Hazlo. Él toma ambos cachetes y los separa bien. Nunca esperaría lo que sucede después. Nunca supe que era algo que se hacía. Él pasa la lengua de mi vagina a mi ano.

Grito e intento moverme, pero me sostiene en el lugar.

—¡Cole! No puedes hacer eso. ¡Ohpordios, por favor! Estoy avergonzada. Totalmente insegura y muy, muy excitada. Se siente genial y tan, tan perverso.

Él levanta la cabeza, pero sólo para darme tres nalgadas fuertes en un cachete; luego se baja y vuelve a lamer, hace círculos en mi ano con su lengua. Me quejo, me tiemblan demasiado las piernas para siquiera sostenerme.

—Te lo haré aquí algún día, —promete, con voz gruesa. Frota mi agujero de atrás con su pulgar—. Será parte de tu castigo.

—No, —me quejo, pero estoy a punto de explotar. La emoción tiembla en todas partes. Llamas lamen mi centro.

—Sí, Rosa. Y te encantará. No puedes mentirme con eso. Pruebo tus flujos.

No sabía que eso tampoco existía, pero seguro tiene razón. Mi vagina está derretida. Él pone su pulgar encima de mi ano.

—Vuelve a apretar mi miembro con esos muslos.

Obedezco. Parece que haré lo que sea que me pida. Separo las piernas, las cierro, pongo mi trasero hacia arriba para que me dé nalgadas.

Cierro los muslos lo más fuerte que puedo de nuevo alrededor de su miembro y me lo vuelve a hacer, todo el tiempo frota mi ano y me hace retorcerme.

—Me dirás cuándo necesites ser castigada, —dice—. Si necesitas descargarte. Si necesitas llorar. Necesitas sentir. Y vendré aquí y te dejaré el trasero rojo, Rosa. Y siempre te hará sentir bien. Te lo prometo. Parece cansarse de nuevo de la posición.

Debe ser difícil para él porque tiene que doblar tanto las rodillas para estar a la altura adecuada. Me gira, me levanta y sienta mi trasero desnudo sobre la madera.

Grito, no porque la madera no sea lisa, sino porque se siente mal. Él se queja, me vuelve a levantar (¡este tipo es muy fuerte!) y se quita la camiseta. La pone sobre la mesa, luego me vuelve a levantar. Cuando mi trasero toda su camiseta, él me pone boca arriba y desliza las manos debajo de mi pelvis. Cuando levanta mis caderas en el aire y me lame en esta posición, grito y aprieto los muslos alrededor de sus orejas, pongo las piernas sobre sus hombros anchos.

—¡Cole!

—Sigue diciéndolo, bebé. —Él muerde mis labios externos, luego regresa a lamer emocionado.

—Cole, Cole, Cole, —repito y él se ríe contra mí.

—¿Esperarás a que te diga que acabes esta vez?

Mi mente se está poniendo confusa como para analizar sus palabras. Todo es una nebulosa de placer y sensación. Calor y deseo.

—Cole... Cole.

—No hasta que te diga, —me advierte.

Finalmente entiendo. Se supone que espere para llegar al orgasmo. Que llegue con su orden.

¿Así funciona esto? Nunca escuché de algo así, pero no soy muy entendida. Resulta que hay mucho más que sólo mover partes.

Él mueve una de sus manos y pone su pulgar en mi vagina, todo el tiempo succiona y mueve su lengua.

—Ahora, Rosa, —dice, luego succiona con su boca encima de mí mientras me lo hace con su pulgar y encuentra mi agujero trasero con uno de sus dedos.

Grito.

Tiemblo.

Acabo.

Fuerte.

* * *

Cole

. . .

Realmente voy a morir. Tengo las bolas hinchadas y dolorosas; mi miembro está más duro que el granito. Y algo acerca de Bailey me hace querer hacer cosas sucias con ella. He visto mucho porno (como cualquier chico de dieciocho años) y ahora mismo tengo las ideas más sucias en mi mente.

Cuando termina de acabar, muevo los brazos hasta sus hombros para levantarla de la madera. La apoyo en el centro y reacomodo mi camiseta debajo de ella. Podría darle una orden verbal. Ha sido muy obediente, lo que me da la confianza embriagadora de hacer lo que sea que quiera con ella. Pero también hay algo ardiente en no decirlo. En sólo mover su cuerpo. Como si fuera una muñeca sexual sólo para mí.

Y por supuesto, la emoción siempre es ver si me dejará hacerlo o no. A ella le gusta tanto como a mí, aunque *sí* hay humillación. ¿Pero es degradante si eso quiere ella también? Eso es lo que tendré que pensar, supongo. Sólo estoy siguiendo con esto porque me siento como una maldita estrella de rock ahora mismo y ni siquiera he acabado aún.

La empujo sobre su espalda; luego la giro boca abajo. Ella me deja.

Es tan glorioso.

—Parece que hoy es el día que te lo haré en el trasero, —le digo. Cuando aprieta fuerte su trasero y gira para mirarme alarmada por encima del hombro, me río y toco mi erección—. Pero sólo los cachetes. —Me subo a sus muslos y tomo ambas nalgas. Ella sigue tensa, así que golpeo un lado —. Relájate, Rosa. Puedes apretar después de que deslice mi miembro.

Ella está confundida, lo que no me sorprende. No creo que las chicas miren tanto porno como los chicos. O al menos, si lo hace, es probable que no sea la mierda que he visto yo.

—Con calma, bebé. —Pellizco una sección ancha de su trasero y la sacudo—. No la meteré. Sólo entre medio, como lo hice con tus muslos.

Ella vuelve a mirarme con sus ojos grandes de muñeca nadando con calor y vulnerabilidad.

—¿Lo prometes?

—Lo prometo, bebé.

Ella se relaja y meto mi miembro entre sus nalgas con un poco de saliva. Las junto alrededor de mi largo, mis pulgares se encuentran encima de su raya para evitar que salga mientras me deslizo hacia atrás y adelante.

—Mieeeeeerda, —resoplo. La visual es muy ardiente. La sensación, incluso mejor. Muevo las caderas, paso por el túnel entre sus nalgas, disfruto de esta acción realmente caliente. Se siente tabú y sucio. Tuve sexo con tres chicas antes de Bailey, pero nada se acerca a esto, y ni siquiera he estado dentro de ella aún.

Quiero seguir así por siempre, pero es demasiado tarde. Estaba demasiado excitada cuando empecé como para durar.

—Bailey, Bailey, Bailey, Bailey. —Le devuelvo el favor de repetir su nombre justo antes de erupcionar, cubriendo su espalda baja con mi esperma—. Por Dios, eso fue ardiente.

No tengo nada con qué limpiarla porque está acostada sobre mi camiseta, así que me acomodo de costado a su lado y esparzo mi semen por todo su trasero. La marco. No se ha movido. Llevo su cabello hacia atrás desde su cuello para morderlo. Sólo es una mordida de amor, aunque por un momento, mi lobo cobra vida, como si pensara que la marcaré.

Como si fuera a hacerlo.

Es humana, maldición.

¿Por qué esa idea hace que todo mi cuerpo tiemble?

Me apoyo sobre mi espalda y descanso la mano sobre el trasero de Bailey. Ella se pone boca arriba y ambos miramos hacia el cielo azul.

—La próxima vez quiero chupártela.

Me ahogo un poco. Mi miembro vuelve a pararme en mis vaqueros abiertos.

—No puedes simplemente decirle algo así a un tipo. —Cruzo los dedos con los suyos, uniendo nuestras manos sobre la madera.

—¿Por qué no?

Me río sin gracia.

—Porque ahora no dormiré o comeré hasta que suceda. Estaré todo excitado pensando en cómo se verían esos labios gruesos estirados alrededor de mi miembro.

—Dios, Cole.

—¿Qué?

—¿Todos los tipos les hablan así a sus no... parejas?

—Ah. —Me río—. Probablemente no. Perdón, chica diez. Tienes la versión no editada.

Nos callamos por un momento, luego agrego,

—Es bueno que ya no estés en periodismo. —La verdad es que extraño sentarme junto a ella todos los días. Aunque verla solía enojarme, siempre fue mi obsesión.

—¿Por qué es eso?

—Sería muy difícil todo el tiempo. Es verdad, si estuviera en clase, tendría una carpa en mis vaqueros toda la hora.

—Guau. ¿Es doloroso?

—Sí, mierda, es doloroso. Y sería muy vergonzoso también. —Levanto nuestros dedos entrelazados en el aire, miro este acontecimiento inesperado. ¿Alguna vez le di la mano a una chica? No lo creo. Nunca antes sentí este vínculo. Este apego extremo—. Podrías volver si quieras. Me aseguraría de que nunca te mirara, nunca te hablara. Deberías verlo, Rosa. Le transpiran las sienes cada vez que entro al salón.

Su mano se pone más fría.

—Por supuesto que no quieres regresar, —respondo por ella—. Perdón, fue una idea estúpida.

—Sigo pensando en hacer lo del periódico, —responde —. Rayne y yo pensamos en algunas ideas para artículos.

—¿Sí? —Me doy cuenta de que no sé nada acerca de esto del periódico, lo que es estúpido porque hasta antes de besarla me ocupé de saber todo lo que pude acerca de Bailey—. ¿Entonces cómo lo harás?

—Bueno, no lo sé. Originalmente, Bru... Brumgard...

—Imbécil, —la interrumpo cuando se traba con su nombre.

—El imbécil iba a asignarle los artículos a la clase y luego yo sólo editaría y lo armaría. Pero creo que entre Rayne y yo podemos escribirlos todos.

Contemplo eso por un minuto.

—Nah, deberías hacer que trabaje para ti. Mandémosle un correo al maldito. ¿Dónde está tu teléfono? —Pregunto, me bajo de la madera y busco su bolso, que se cayó al piso cuando me abalancé sobre ella. También subo sus bragas y pantalones cortos porque me siento generoso. Abro su bolso y busco su teléfono, luego se lo paso—. Abre tu correo.

—¿Por qué? —Ella está desconfiada, lo que me molesta. Sé que no le he dado razones para confiar en mí, pero igual la quiero. Supongo que quiero ambas cosas. Quiero que confíe en mí mientras sigo atormentándola. Se lo quito y paso el pulgar sobre los botones para abrir el correo—. Rosa, cuando te doy una orden, se supone que respondas *sí, señor*.

Ella se ríe burlona.

—En tus sueños, amigo.

Giramos las cabezas hacia el otro sobre la madera y sonrío porque sí suena ridículo.

—¿Sí, *papi*?

—Iuj. —Ella me pega—. Raro.

—No finjas que no te gusta seguir mis órdenes, bebé. Tu cuerpo no miente.

Ella se sonroja y tomo una foto mental de lo hermosa que luce ahora mismo con la mancha rosa sobre su cuerpo que ilumina sus cálidos ojos cafés, que recoge la franja rosa de su cabello.

—De todos modos, le enviaré un correo al imbécil. Le diré cómo serán las cosas.

Sus pezones se endurecen. Juraría por el destino que levantan un poco su pequeño top halter. (Y mierda, ¡ese top halter!) Se me pone dura sabiendo que la excita algo que dije.

Abro su cuenta y empiezo a escribirle un correo al Imbécil, lo leo en voz alta mientras tanto:

Sr. Imbécil

Bailey toma mi muñeca y la baja para leer la pantalla donde en realidad escribí *Brumgard*. Ella sonríe y me suelta.

Como lo habrá notado, ya no estoy asistiendo a su clase. Pero no estoy dispuesta a dejar mi educación.

Giro la cabeza para sonreírle a Bailey.

—¿Eso suena suficientemente de chica diez? —Ella me sonríe con un calor que no he visto antes en sus ojos. Hace que algo se mueva en mi pecho—. ¿No sabías que lo tenía en mí, verdad? ¿Pensabas que era puro desaprobado?

Ella me pega en las costillas con el reverso de la mano.

—Continúa. Veamos qué tienes.

Por ende, planeo continuar con la publicación del perió-

dico estudiantil. *Los siguientes son los artículos que me gustaría que asignara a la clase:*

Le paso el teléfono a ella.

—Ahora tú los completas.

Ella toma el teléfono, con los ojos todavía en mí, como si lo pensara.

—Él es tu perra, Rosa. Trátalo como a un maldito empleado. Ahora tú le darás trabajos prácticos. ¿Entendido?

Su pulso se acelera en su garganta, como si la emocionara la idea. O quizás sólo la emociono yo porque sus pezones todavía están duros. Pellizqué uno por encima de su camiseta y ella se mueve para intentar cubrirlos con su antebrazo.

—No, no. —Tomo cada una de sus muñecas y me subo encima, las pongo junto a su cabeza; su teléfono sigue agarrado en una de sus manos—. Estos son míos para torturarlos. ¿Recuerdas?

Ella niega con la cabeza.

—No recuerdo acordar eso.

Me encojo de hombros.

—Soy tu castigador. Decido qué tormentos tendrás.

Ella se sonroja y el aroma de su excitación me droga. Bajo la cabeza y lamo el costado de su cuello, de la clavícula a la mandíbula. El sonido de sus jadeos suaves me excita aún más.

—Si no te cuidas, te haré chupármela aquí y ahora mismo, Rosa.

Ella finge luchar.

—¿De qué me estoy cuidando? No dije nada.

Claro. Ella no sabe que puedo oler su excitación. Es probable que ni siquiera pueda sentirlo ella misma, lo que me parece un poco trágico. Toma nota mental de cuidarme con ella. Me estoy poniendo muy cómodo.

Bajo la mirada hacia sus pequeñas tetas.

—Tus pezones están duros, pequeña. Me está excitando.

—Ah. —Ella se sonroja más, levanta la cabeza para mirar—. No, em, sabía que podías ver eso.

Muevo las cejas.

—Ah, sí puedo. Definitivamente puedo. —Le tengo piedad y la pongo de costado—. Pero tienes otro trabajo que hacer. Escribe esa lista, bebé.

Capítulo diez

B*ailey*

Mierda. Creo que me estoy enamorando de Cole Muchmore. Desde anoche, mierda desde nuestro primer beso, he sentido una sensación de mareo, casi maníaca en la boca del estómago y no se va. ¿Esto es lujuria? ¿Amor? ¿Enamoramiento? No se supone que suceda así. Cole es un idiota, *fue* un idiota. No lo sé. Rápidamente está poniendo de cabeza toda mi existencia.

Lo que no es algo malo.

Es una cosa fantástica, emocionante, increíble.

Y ese definitivamente es el problema:

Miro rápido de costado hacia él mientras recreo la lista de artículos que pensamos Rayne y yo de memoria. Él está hermoso. Su torso desnudo, musculoso está bronceado y glorioso en la luz del sol. Su cabello está despeinado y lleva esa sonrisa de costado que hace mi corazón se acelere cada vez que me la muestra. Pero podría luchar contra sus atributos. Lo que no puedo combatir es la forma en la que se siente mi cuerpo, tanto saciado como hambriento por más.

Cada lugar secreto en el que ha estado hoy sigue inundado de sensaciones, sigue cosquilleando con consciencia.

A lo que estoy completamente expuesta es a lo protector que es conmigo contra Brumgard. Me gustaría decir que soy una chica grande y que no lo necesito para luchar mis batallas, y creo que mayormente es verdad. Pero seguramente me satisface tener al bravucón del colegio de mi lado. Verlo cambiar su forma de intimidación hacia el profesor que me hizo mal. Me encanta, maldición.

Tanto.

Termino mi lista y le devuelvo el teléfono sin presionar enviar. Él lo lee y asiente. Luego escribe un poco más:

Seguiremos la correspondencia por correo, ya que no deseo verlo en persona. Por favor envíeme los artículos en dos semanas.

Cole me mira.

—¿Qué más necesitas?

—Em, bueno. En realidad, quisiera saber cómo imprimiremos el periódico. Como si necesito presupuestos de impresión y quién lo pagará. Ah, y cómo será el formato.

—Bien. Vuelve a la pantalla. —*Además, por favor comuníqueme cómo se imprimirá el periódico y cuáles serán los requisitos de formato. Espero mantener mi promedio perfecto durante este proceso y apreciaría esas cartas de recomendación para el fin de semana.* Cole levanta las cejas—. ¿Algo más que quieras incluir?

Tiene razón. Mis pezones están totalmente duros. Me excita ver a mi alfa-diota ostentar su poder. La confianza es sensual. Tan sensual.

Él sonríe y me pellizca un pezón entre el pulgar y el índice; me dice que no se pierde mi excitación.

¡Mierda! Estoy tan jodida.

Pero lo dije en serio, lo de querer chupársela. Nunca

antes lo hice, pero él ya me comió dos veces. Y ha sido super respetuoso acerca de no insistir en tener sexo. O penetración completa, como sea. Así que quiero devolvérselo.

Y eso me provoca mariposas de emoción. Me gusta que también sea una promesa que volveremos a hacer esto. No sé qué es nuestra relación (sobre todo considerando que su padre lo mataría si supiera algo), pero definitivamente considero que somos algo.

No es que definir las relaciones logre algo más que poner a la gente en una caja.

—¿Cole? —No lo miro. Miro fijo hacia las nubes blancas mullidas contra el cielo celeste pálido.

—¿Sí?

—No se suponía que me gustaras.

—No empieces ahora, —me responde, casi de inmediato. Su voz no indica que me esté provocando—. Definitivamente te arrepentirías.

Auch. Si mi recelo desapareció con su promesa de guardar el secreto del otro, vuelve a mí con toda la fuerza ahora. Me siento, quiero huir lo más rápido que pueda. Trato irme hacia el borde de la madera, pero el brazo fuerte de Cole rodea mi cintura y me arrastra para volver a sentarme en su regazo.

—No corras. —Es una orden suave, sus labios se mueven contra mi oído. Me muerde el cuello, luego besa el mismo lugar—. No quiero que corras. —Mueve su brazo de alrededor de mi cintura para deslizar su palma hacia mi costado y tocarme un pecho—. No sé qué estamos haciendo, pero me encanta cómo se siente, maldición. Y a ti también. Ambos necesitamos esto. Admítelo.

Porque sigo herida, mantengo los labios firmemente cerrados, aunque en definitiva tiene razón.

Me suelta el pecho por mi falta de respuesta y me pone

en su regazo, pasa mi pierna por encima para estar sentada sobre él. Su fuerza es sorprendente. Nunca antes me sentí tan liviana y pequeña. Definitivamente no me preocupa ser demasiado pesada para sus muslos.

—No seré tu novio, Rosa. No tomaré tu mano en los pasillos ni te pediré ir al baile. Viste... —hace un gesto en dirección a nuestras casas— que ni siquiera puedo llevarte a casa sin problemas. Apenas puedo con mi vida, Bails. —Él acaricia mi muslo hacia arriba y abajo con una mano, como para suavizar la dureza de sus palabras—. Así que no me inscribas para el amor. O nada parecido. No tengas expectativas de mí. Todo lo que puedo prometer es lo que tenemos. Esto. —Él señala con la mano la mesa de picnic y el parque.

Todavía quiero correr. Está siendo honesto conmigo. Debería apreciarlo, pero en vez de eso se siente como si me estuvieran cortando. Y estoy demasiado sentible por lo que acabamos de hacer para esto. Asiento e intento bajar mi pierna, pero él la agarra.

—Bailey. —Sostiene mi mirada con la suya, la intensidad brilla en sus ojos oscuros.

—¿Qué? —Estoy enfadada, y no me molesto en esconderlo.

—Tampoco se suponía que me gustaras. Estaba enfadado. Te mudaste al lado justo cuando las cosas estaban de lo peor con mi papá. Acababa de ser despedido y reemplazado por tu mamá y en serio intentaba beber hasta morir. Había tenido tendencia al alcohol y a la violencia desde que mi mamá lo dejó hace dos años, pero empeoró tanto.

Mi estómago se anuda escuchando a Cole. Se está exponiendo ante mí, algo que nunca esperé.

—Mi vida era bastante mala y quería a alguien a quién culpar. Te elegí a ti. Lo siento. Nah, a la mierda con eso, no lo siento, Rosa.

Me quedo mirándolo con la boca abierta por la sorpresa, el nudo en mi estómago se mueve hacia arriba y se aloja debajo de mis costillas.

—No lo siento porque *sé* que ambos necesitábamos esto. No entendía mi obsesión contigo entonces y vino de un lugar oscuro, pero ahora, ahora parece tan claro. La oscuridad se fue. Satisfago mi necesidad castigándote y te libero de tu culpa. Encajamos. Quizás sólo por este momento, este pequeño instante en nuestras vidas, nos unimos. Encontramos absolución. En el otro.

Mi boca está seca. Intento y no puedo tragar.

—Entonces... ¿esto es sólo sexual?

—De ninguna forma. He tenido sexo antes y no fue nada parecido a lo que pasa contigo. Definitivamente es más que sexual. —Él encuentra mis manos y entrelaza sus dedos con los míos, sostiene nuestras manos a la altura de nuestros hombros, como si encontráramos una pared invisible—. ¿Pero tenemos que definirlo? Sé que sientes lo mismo, maldita sea. Sólo admítelo.

Asiento sin hablar.

—Ahora conduzco. Podría transferirme a Cave Hills. Tener un novio que esté feliz de saludarme en los pasillos de la escuela.

—Pero no lo harás.

—No.

No lo haré. Para bien o para mal, estoy atrapada en este baile retorcido con Cole. Tengo que seguirlo. Y puede ser un desastre, pero ahora mismo preferiría verlo, tenerlo cerca todos los días, de cualquier forma que pueda tenerlo, que ir a Cave Hill.

Estoy sorprendida de ver que el alivio se refleja en su expresión. ¿Estaba nervioso porque terminara las cosas? Eso, casi más que sus palabras, me afloja y derrita en todos los lugares que se habían congelado en mi interior. ¿Es suficiente tener sólo *esto*, lo que sea que sea *esto*?

Tal vez. Por el momento.

No parece que pueda rechazar a Cole, aunque es como un choque que ves venir pero no puedes evitar. No, mala analogía. Nada es así. Aunque fracasemos rotundamente, Cole Muchmore habrá valido la pena.

* * *

Cole

Cuando llego a casa, mi papá sigue durmiendo en el sofá en donde se desmayó anoche.

Me dirijo directo a la ducha. Se supone que hoy trabaje en el taller del tío Bo, pero cuando vi a Bailey salir con el coche de su mamá, le envié un mensaje de que llegaría tarde. Mi teléfono está explotado de mensajes de Bo, pero no me importa una mierda. No cambiaría esta mañana por nada.

Choco con Casey que sale de nuestro baño compartido. Sus fosas nasales se agrandan por mi aroma y luego sus cejas se bajan. Ella toma mi camiseta con un puño y me empuja al baño, cierra la puerta. Como si nuestro papá pudiera escuchar algo en este estado.

—¿Qué carajos estás haciendo? —susurra a los gritos—. Tienes su aroma en todo tu cuerpo.

La ignoro y me saco la camiseta.

—Sal, Casey.

—Cole, hablo en serio. No puedes hacer esto. ¿Estás loco? ¿De todas las humanas que podías elegir para hacerlo la eliges a ella? ¿Quieres morir?

Por alguna razón, me enoja que asuma que sólo lo estoy haciendo con Bailey. Como si fuera una típica humana cualquiera con la que los alfa-diotas practican tener sexo. Debo mostrar algo de dientes cuando gruño porque Casey se estremece y se va hacia atrás; la sumisión instintiva a la dominancia alfa es inmediata.

—Diablos, Cole, —ella suena sorprendida. Hasta asustada—. Realmente te gusta.

—Sal, Casey, —gruño.

Ella pasa a mi lado y abre la puerta, sale.

—Cole, será mejor que pares con esta mierda antes de que nos saquen a todos de la manada. Pendemos de un hilo como está la situación. El Alfa Green podría haberlo hecho ya con los errores de papá si tú y yo no estuviéramos todavía en la escuela.

Sus palabras me golpean en el estómago.

—Lo tengo bajo control.

Es una mentira, pero lo controlaré. De algún modo. No puedo arruinar el futuro de Casey junto con el mío sólo porque no puedo guardar mi miembro en mis pantalones cuando se trata de Bailey Sánchez. No está bien.

Casey niega con la cabeza mientras cierra la puerta y llevo su condena a la ducha conmigo, lavándome el delicioso aroma de Bailey, los rastros de la traición a mi padre, familia y manada.

Mierda.

Capítulo once

ole

Ha pasado la mayor parte de la semana y logré mantenerme alejado de Bailey. Me gustaría decir que me tomé el tiempo para acomodar mis ideas y ahora me doy cuenta de que no puedo seguir saliendo con una humana, mucho menos esta en particular.

Pero en vez de ser la cura de mi obsesión, el tiempo que estamos separados me volvió loco. Pienso en ella todo el tiempo. Me masturbo tres veces al día con el recuerdo de golpearle el trasero y hacérselo a esas nalgas gordas. Cuando estoy en casa, miro su ventana desde la mía y le envío un mensaje. Primero, le envíe un mensaje para preguntarle si le respondió Brumgard. Luego para decirle que Brumgard asignó los artículos. Para hablar del artículo que me habían asignado y decirle que esperaba que completara el trabajo práctico por mí. Ella me envió un gif de una chica mostrándole el dedo a la cámara, lo que me hizo reír. Probablemente lo escribiría por mí, pero en realidad estoy esperando el trabajo práctico. Es diferente saber que lo haré por ella y su pequeño proyecto que para el Imbécil.

Tomé el trabajo de escribir un artículo destacado sobre uno de los héroes deportivos de Wolf Ridge. Entrevistaré a Wilde sobre ser el capitán del equipo y lo que eso conlleva. Será bueno.

Cuando estoy en la escuela, siempre la busco en los pasillos. Y luego cuando la veo (mierda, cuando la veo), siempre quiero ponerla sobre mi hombro y llevarla a algún lugar para ponernos sucios de nuevo.

Me conformo con guiñarle el ojo cuando pasamos al lado. O mirarla más desde la otra punta del patio. Ella siente el calor de mi mirada. Siempre voltea y se sonroja. Frota una mano sobre su nuca como si le hubiera dado cosquillas allí.

Pero eso no les sucede a los humanos, ¿verdad?

Pero hoy. Hoy no lleva uno de sus vestidos típicos. Lleva esos pantalones bien cortos que tenía el sábado y me está enloqueciendo. La encuentro después del colegio y la encierro contra su casillero; hago que parezca que la estoy acosando. Que es verdad.

—¿Qué carajos llevas puesto? —Gruño en su oído.

Ella voltea el rostro hacia un costado, pero no lo suficientemente lejos como para hacer contacto visual. Sólo para dejar que la vea.

—¿Qué te importa? —me provoca.

Presiono con un poco más de fuerza; dejo que el bulto de mi miembro hinchado toque la parte de atrás de sus pantalones cortos.

—No llevas pantalones tan cortos a la escuela. Sobre todo no *esos*.

Ella frunce el ceño.

—¿Qué tienen de malo estos pantalones cortos?

—No te hagas la boba, Bailey. La última vez que te vi con ellos, te los quité. Sabes muy bien lo que me estás haciendo. Te golpearé el trasero hasta ser dos veces este tono. —Tiro de la franja rosa pálida que enmarca su rostro.

Su risa es rasposa y baja. Un poco nerviosa. El aroma de su excitación se mueve entre nosotros, hace que se abran mis fosas nasales.

Pero no me mira; ve a mis amigos que están parados junto a los casilleros mirándonos.

—Será mejor que te vayas.

—No quiero. —O sea, *realmente* no quiero. Mi necesidad por ella parece volverse más y más fuerte. Debe ser porque estamos llegando a la luna llena. Es una locura porque ella ni siquiera es mitad loba. Mi miembro no debería ponerse tan duro por ella. Es como si mi lobo ya quisiera hacerla mi pareja—. Mierda, —murmuro en voz alta. Esto significa que será mejor que me aleje de ella el fin de semana. Puede que pierda el control, lo que terminaría con consecuencias devastadoras. Ya es malo que pueda necesitar que Austin me haga de niñero para asegurarse de que no vaya a buscarla—. Encuéntrame después de la práctica, —digo rápido, aunque cualquiera de mis amigos podría escuchar con su audición transformista. Aunque encontrarla en cualquier lugar público es una mala idea y claro que tampoco no podemos encontrarnos cerca de nuestras casas.

Sus ojos se dilatan como si estuviera excitada.

—¿Dónde?

Pienso rápido.

—Aquí. En la escuela. Seis p.m. Te esperaré en los vestuarios. Puedes entrar por la puerta que está de ese lado del edificio.

Rosa ha estado conduciendo regularmente y ya tiene un coche, un VW usado que puso furioso a mi papá sobre la «perra humana malcriada» cuando lo vio.

—Bien. —Ella agacha la cabeza para esconder una sonrisa. Ha estado muy tranquila acerca de no mostrar que somos algo, lo que agradezco.

—Te daré nalgadas más tarde, —murmuro y guiño el ojo, resistiendo la urgencia abrumadora de golpearle el trasero antes de alejarme.

La práctica es una confusión total. Ni siquiera sé en qué ejercicios trabajamos o si hice lo que se suponía. Mi cabeza estaba en Bailey todo el tiempo.

Después de la práctica, envío a Casey a casa con Austin y me doy una larga ducha completa. Cuando llegan las seis de la tarde, todos se han ido. Tuve esta idea de hacerla venir al vestuario y deleitarme con ella sobre una banca, pero se me ocurre que todos los malditos miembros del equipo olerán a una humana aquí mañana si lo hago.

El campo de fútbol no es mejor idea porque cualquier podría vernos.

Salgo para esperar a Bailey por la puerta trasera, todavía intento pensar adónde llevarla. Ella llega con una gran bolsa de In-N-Out Burger, que me ofrece.

—Pensé que tendrías hambre.

El aroma a comida me llega fuerte. Estoy muerto de hambre. Casey y yo hemos comido ramen y burritos congelados desde que mi papá perdió su trabajo, mierda que puedo comprar con el dinero que gano trabajando en el taller de Winslow. Incluso así, si otra persona intentara ofrecerme comida, podría tener que golpearlos fuerte.

¿Pero de Bailey? No lo sé, de ella significa otra cosa.

Y el pensarlo me deja fuera de lugar.

Tomo la bolsa y veo que adentro hay dos hamburguesas, dos papas, y dos malteadas. Lindo. Ella no sabe lo mucho que come un transformista.

—¿Todo esto es para mí, verdad? —Le dedico una

sonrisa. Las estrellas en sus ojos cuando me mira me hacen sentir como algún tipo de héroe.

El tipo que nunca he sido.

Y entonces me doy cuenta: la comida de In-N-Out Burger cubre todos los aromas. Esa mierda puede hacer que la cabina de mi camioneta apeste por una semana. Si la llevo al vestuario, nadie olerá a la humana. Sólo carne y papas.

Tomo la mano de Bailey y la llevo adentro. Mi ruge el estómago, pero dejo la bolsa de comida en la banca.

—Esto merece una recompensa. —Deslizo las manos debajo de su falda para sentir su piel.

Su respiración se agita, sus ojos se dilatan. Deslizo mis labios encima de los suyos. No son los besos fuertes y demandantes que le he dado antes, sino algo más seductor. Más exploratorio. Dejo que mis manos se mueven encima de su trasero, por los costados debajo de su camiseta. Ya está temblando. Pero hay algo en su aroma. Intento distinguirlo de la comida.

Luego me doy cuenta.

—Estás nerviosa.

Por supuesto que está nerviosa. Es una total principiante y puse muchas expectativas sobre este encuentro (la mamada, las nalgadas), todas las fantasías por las que he tocado esta semana.

La vulnerabilidad aparece en su rostro.

—¿Estoy yendo muy rápido?

Ella deja de respirar por completo; sigue mirándome con ojos inocentes. Un ciervo inocente atrapado en los focos delanteros.

La suelto y tomo su mano.

—No tenemos que hacer esto. Vamos, vayamos a conducir por ahí.

Lo último que haré es presionar a una virgen. Así no soy

yo. Quiero una chica que esté dispuesta y disfrutando. Eso no. Quiero que *Bailey* esté dispuesta y disfrutando.

Tengo cero interés en otras chicas en este momento. Y no quiero procesar qué significa eso.

Sin esperar que esté de acuerdo o no, tomo la decisión que sé que es correcta, agarro la comida y salimos. Guardaré la fantasía del vestuario para otro día.

* * *

Bailey

Una mezcla de alivio y decepción pasa por mí mientras caminamos de la mano hacia el estacionamiento. Hay un par de coches más allí; quién sabe, quizás sean de los conserjes.

Cole tenía razón; estaba nerviosa. Soy tan estúpida por dejar la expectativa de una mamada y que ahora la esperé y entré en pánico por qué no sé qué carajos estoy haciendo. Lo lames como a un chupetín fue el consejo de Catrina hace un millón de años, pero ese consejo ahora parece quedarse un poco corto. Seguramente haya más. ¿Por qué no Googleé esa mierda antes de hoy?

Así que ahora me siento un poco tonta, mayormente aliviada, y un millón de veces derretida por dentro por lo dulce que fue Cole al respecto.

¿Dónde está la postura de alfa-diota? Pensé que me ordenaría ponerme de rodillas y me diría qué hacer.

Bueno, de hecho, eso es ardiente.

Y podría hacer que esto fuera más sencillo para mí si fingiera saber qué estoy haciendo.

Cole suelta mi mano para buscar en la bolsa de comida para llevar y sacar su hamburguesa mientras caminamos.

—Esto fue muy atento de tu parte, Rosa, —dice con la boca llena. Tomo la bolsa para que pueda usar ambas manos y tomo una sola papa. Cole niega con la cabeza, —eres una maldita gatita, toda exquisita con tu comida. Las humanas son tan delicadas.

—¿Las humanas?

—Me refiero a las chicas. —Todavía sigo devorándome la hamburguesa, que casi se termina—. Es lindo, Rosa. —Él mete el último tercio de hamburguesa en su boca—. Eres adorable.

Intento esconder el brillo de placer que me dan sus palabras.

—Maldición. ¿Aunque sea masticaste?

Él sonríe.

—No lo recuerdo.

Saco las papas y hago malabares para ponerles kétchup antes de pasarlas.

—Les pusiste kétchup a mis papas. —Luce sorprendido.

—Ah. Perdón, ¿no te gusta el kétchup?

—*Sí* me gusta. Me gusta que trabajes para complacerme aún más.

Dejo de caminar con una ofensa exagerada.

Cole me sonríe de costado y ofrece su mano para tomar la mía.

—No te enojes, Rosa. Prometo recompensas.

Tomo su mano. Nos dirigíamos a la camioneta, pero él se detiene y mira el estacionamiento buscando mi coche.

—¿Me dejas conducir tu nuevo bebé?

Busco las llaves en mi bolso.

—Claro. Ya que tú me dejas conducir el tuyo. De hecho, me *obligaste.*

—Y te recompensé, —me recuerda con un movimiento de cejas que me da calor en las mejillas.

Y qué recompensa fue.

Mi cuerpo se calienta con el recuerdo.

—¿Ya le has puesto nombre? —Pregunta Cole mientras se mete en mi coche compacto y ajusta el asiento hacia atrás lo más que se puede.

Me mofo.

—¿Seguro que entras?

—Ya me han preguntado eso, —alardea y yo pongo los ojos en blanco.

—Todavía no pensé en un nombre que me encante. ¿Qué piensas?

Él gira la llave, lo considera.

—Podrías llamarlo Nuevo Comienzo. Ya sabes, por volver a conducir y mudarte aquí.

La angustia me choca como una ola. Los momentos ya son más cortos. Más rápidos Podría inclinarme contra ellos y regresar al estado depresivo en el que viví los últimos seis meses o simplemente dejarlos atravesarme y reconocer que es parte del proceso. Dejar que pase y tragar.

—Entonces es Nuevo Comienzo. Buen nombre.

Cole sale del estacionamiento, parece complacido. Nunca hubiera imaginado que era el tipo de hombre que le pone nombre al coche, pero sí parece que ama su camioneta.

—¿Cómo se llama tu camioneta?

—El capitán, —dice con orgullo.

—¿Primer nombre *El*, apellido *Capitán*?

—Así es, sabelotodo.

—Es una camioneta genial. ¿La reconstruiste tú mismo, verdad?

—Sip. Se la compré por cien dólares al hermano de Bo,

Winslow. Su tío es el dueño del taller de Wolf Ridge, ¿el que está en la esquina de Mountain y McGee?

Asiento aunque en realidad aún no conozco tanto Wolf Ridge. Sólo empecé a conducir esta semana.

—Trabajo allí los fines de semana con Bo. Desde que teníamos doce. Cuando no hay trabajo pago para hacer, trabaje en El Capitán. Ya casi está listo para una nueva pintura, pero no he tenido el dinero.

Me estremezco, aunque no está siendo un idiota ahora. No me está acusando a mi mamá y a mí de ser la fuente de su falta.

Cole toma la autopista.

—¿Adónde vamos?

—Conozco una heladería genial en Cave Hills. Nuestra mamá solía llevarnos allí como recompensa por nuestra paciencia después de comprar ropa. ¿Te comerás el resto de la hamburguesa?

—Nop. —Le paso el último tercio. —Debí haberte comprado dos.

—Puedo comer cuatro de esas sin pestañear, bebé. ¿De dónde crees que saco mi energía? —Él guiña el ojo y yo pongo los míos en blanco, intento no sonrojarme, aunque siento que sube desde el cuello de mi camiseta.

Cada encuentro con Cole hasta ahora ha salido de un libro de tácticas que ni siquiera puedo categorizar. ¿Pero esta? Esta se siente como una cita. Me está llevando a tomar helado. Y aunque no es tan emocionante como que me dé nalgadas y chupársela en un vestuario, me provoca cosas locas. ¿O ese será mi corazón?

Mierda.

Estoy tan jodida.

Entramos y pido un helado sofisticado. Pido la naranja con chocolate amargo y él de menta con chispas de chocolate. Sé que no debo ofrecerme a pagar, aunque también sé que Cole necesita dinero. Paga y lo llevamos para tomarlo afuera en un patio que da a una calle concurrida abajo.

—Se siente bien salir de Wolf Ridge, —digo. Aunque fue sólo un paseo de veinte minutos, Cave Hills se siente más como una ciudad común de suburbios mientras que Wolf Ridge tiene esa sensación de pequeña ciudad insular.

Es lujoso. Está en la parte norte de Scottsdale, así que aquí hay dinero y me preocupo por un momento, temo que Cole piense mal de mi comodidad aquí.

Pero él está de acuerdo.

—Wolf Ridge cansa. Hay familias que han vivido allí más de cien años. Todos siempre se meten en lo tuyo. No lo soporto.

Se me ocurre que probablemente haya sido el objeto del desprecio de la ciudad desde la caída en desgracia de su padre. Que no fue su culpa. No me sorprende que haya estado tan amargado y rebelde.

—¿Estás planeando irte? Podrías conseguir una beca de fútbol en algún lugar, ¿verdad?

Su expresión se cierra de golpe.

—Nah. Me quedaré por mi hermana. Pero en realidad nadie sale de Wolf Ridge. —Él se encoje de hombros como si simplemente hubiera aceptado su realidad.

—¿Pero *quieres* quedarte? Entiendo lo de Casey... con la, em, situación de tu papá. ¿Pero y cuando ella se gradúe?

—Cállate, Rosa. —No hay sonrisa. Cole volvió a ser un alfa-diota y es claro que resiente mis preguntas.

Pero esto es lo que hace, ¿no es así? Aleja a la gente para evitar la vergüenza de su situación. O la desesperación de lo atrapado que se siente.

Toma los vasos vacíos de nuestros helados y los arroja a la basura.

—Será mejor que regresemos, —dice llanamente—. No me gusta dejar a Casey sola en casa mucho tiempo.

Por *sola en casa*, asumo a que se refiere con su papá. Me levanto y lo sigo al coche. Cole lo enciende sin mirarme.

—Cole, creo que Casey y tú deberían conseguir ayuda. No está bien que no sólo estén sobreviviendo solos, sino que tengan miedo de estar en casa. Si se involucraran las autoridades, Casey y tú podrían alejarse de tu papá. Sé que está teniendo un momento difícil, pero ahora mismo es un padre de mierda.

—¡Cállate! Cállate, Rosa. —Él golpea el panel con el puño y el plástico se rompe—. *¡Mierda!*

Me siento sorprendida, en silencio y miro la rotura.

—Lo siento, —dice con voz entrecortada.

—No, yo lo siento, —susurro—. No quise hacerte enfadar. Sólo...

—No solía ser un mal padre, —dice Cole con voz ahogada, que se quiebra—. No solía serlo.

Las lágrimas inundan mis ojos, caen por mis mejillas. El dolor de Cole me hace trizas. Por supuesto que todavía ama a su papá. Las cosas no son blanco o negro. Buenas o malas. Su papá bueno está allí en algún lugar, debajo del alcoholismo y la violencia.

Cole finalmente me mira, observa mis lágrimas.

—Otra vez con esas lágrimas, —dice con amargura—. ¿Por qué haces eso?

—¿Qué?

—Llorar por mí.

Me limpio las lágrimas con el reverso de la mano.

—No puedo evitarlo.

Él estira la mano, pasa sus dedos por mi nuca y acerca mi rostro al suyo. Pero no me besa. Sólo observa mi rostro con una mezcla de ira y asombro.

Me tenso, me pregunto cuál ganará.

Y entonces se abalanza. Ataca mis labios con los suyos, igual que la primera vez que lloré por él, pero esta vez estamos atrapados en la pequeña cabina de mi Beetle. Su lengua se lo hace a mi boca, sus dedos se mueven en mi cabello. Todo acerca de esto es duro y brutal.

Apasionado.

Él intenta llevarme contra él, pero estoy atrapada por mi cinturón. En vez de eso, se conforma con aplastar una mano sobre mi pecho izquierdo mientras sigue besándome mucho.

Y luego, igual de rápido, sólo me suelta.

Me caigo sobre el asiento, sin aliento.

Él me mira fijo con ojos que lucen dorados con la luz de la calle en vez de cafés, como de costumbre. —Tienes suerte de no estar en El Capitán o te lo haría tan fuerte que no podrías caminar bien mañana.

Y como si esa fuera la respuesta definitiva a nuestra discusión, él se gira hacia adelante y enciende el coche, sale del estacionamiento.

Soy un desastre enredado en el asiento del acompañante. El calor late entre mis piernas y pasa por todas mis venas. Las lágrimas todavía caen por mis mejillas y mis labios están moreteados e hinchados por su ataque.

Cuando vuelve de la autopista, me dice,

—No lo dije en ese sentido, Bailey. Él no me mira, sólo mantiene la mirada en el camino. Un músculo se tensa en su mandíbula—. No obligo a ninguna mujer. Quiero que lo sepas.

Me enderezo, ajusto mi ropa, me siento hacia adelante en el asiento. ¿Por qué sigo sin aliento?

—Lo sé, —suspiro—. Lo has probado, Cole.

—Me provoca algo cuando lloras. —Su voz está cortada y detecto confusión en ella, como si lo sorprendieran mis propias reacciones—. O sea, siempre quiero hacértelo, pero luego vas y lloras por mí y quiero *consumirte*, maldición. —Él niega con la cabeza—. No importa. Eso no tiene sentido. ¿Te estoy asustando?

—No, —susurro. Sólo es mentira en parte. Me está haciendo emocionar.

Mientras conducimos de regreso, Cole me cuenta,

—Mi mamá se fue con el profesor de matemáticas de Wolf Ridge.

—Ay, mierda. —Me cubro la boca con la mano.

—Sí. Hablando de malditos escándalos. Se fueron juntos de la ciudad y no hemos sabido de ellos desde entonces.

—¿Ni siquiera Casey y tú? ¿No ha intentado contactarse con ustedes?

—Nop. —Su rostro es un reflejo brutal de amargura y dolor.

—Eso es una mierda.

—Ni lo digas. —Cole llega al estacionamiento de la escuela—. Entonces ahí fue cuando colapsó nuestro hogar. Mi papá empezó a beber. Afectó su trabajo. Ya sabes lo que pasó después.

—Lo despidieron y contrataron a mi mamá. —Susurro—. Y diablos, ¿cuántas eran las posibilidades de mudarnos al lado? Sigo pensando que con lo pequeño que es Wolf Ridge, el agente de bienes raíces podría habernos advertido o algo. O sea, ¿no lo sabía? Parece que todos saben todo aquí.

Cole hace una mueca.

—Ah, lo sabía. Es probable que pensara que era el castigo apropiado para mi papá. Cuando cerró la cervecería de Wolf Ridge por tres semanas, tres cuartos de la ciudad tuvieron una reducción de paga. Fue y probablemente siga siendo el miembro menos preferido de la ma-, quiero decir, de la ciudad.

—Bueno, eso es una mierda. Alguien debería conseguirle ayuda en vez de juzgarlo y condenarlo.

—No aceptaría la ayuda de nadie. Mi papá es un idiota terco cuando se trata de admitir debilidades.

—Hmm. No digo lo mucho que eso suena igual a él, pero lo infiere de mi tono.

—Cállate, Rosa. —Pero no suena enfadado. Apaga mi coche, deja las llaves en el encendido.

Cole

Toco la rotura que dejé en el panel de Bailey.

—No quise lastimar a Nuevo Comienzo. Te lo repararé, lo prometo.

La luna llena se acerca y definitivamente me está afectando. Juraría que casi marco a Bailey hace un rato. En un momento estaba con los labios unidos a los suyos, y el siguiente mi lobo estaba justo debajo de la superficie. Mis dientes caninos se elongaron para darle la marca de pareja.

Nunca antes había sucedido eso. Ni siquiera en el peor momento de las hormonas enloquecidas de la pubertad.

Me pregunto si es porque aquí hay más en juego que sólo sexo. No quiero sólo hacérselo; Bailey me afecta. Quiero darle la mano y hacerla reír y escuchar sus sueños. Y sí, hacérselo hasta que grite.

Y maldición, eso no es posible.

Es humana.

No es una pareja apropiada. Definitivamente está prohibida. Y es la hija del enemigo.

Eso no hace que no la desee.

Pero no durante la luna llena. Sólo necesito mantenerte alejado hasta que pase. Sólo un par de días más.

—Gracias, —murmura. La miro, intento medir qué tan enfadada está. No puedo ir de inmediato a Greg, el tío de Bo, a pedirle un panel nuevo porque no tengo el dinero para pagárselo. Quizá logre convencer a Greg de que me lo pague, pero es un gran *quizá*.

—¿Vendrás al juego del sábado?

—Por supuesto, —responde, como si siempre hubiéramos sido ella y yo. Como si no me hubiera mostrado el dedo la última vez que le pedí que viniera. Bueno, que le *dije* que viniera. Su aceptación fácil me provoca calor y picazón. Como si necesitara tener cuidado porque alguien saldrá herido.

Ambos si no le pongo los frenos a esto.

El problema es que no quiero hacerlo.

—Será mejor que vengas, —digo—. Te estaré buscando. Pero no puedo verte después del juego. Haremos un fin de semana de unión de equipo, —miento y pongo barreras ahora que todavía tengo un poco de control.

La decepción aparece en su rostro antes de que pueda esconderla. Ella frota su tatuaje. Hay algo de dolor en su aroma que no entiendo bien.

—Pero la próxima semana, te tendré para mi solo, —prometo—. Te castigaré por ponerte esos pantalones cortos. No te los pones de nuevo a excepción de citas conmigo. ¿Entendido?

Ella pone los ojos en blanco y empuja mi brazo.

—No sigo tus órdenes. —Es una demostración. Ella está emocionada. Todo mi cuerpo se adapta a ella ahora. Ya pasó la decepción, reemplazada por la leve repercusión de la alegría.

Bien.

Lo quiere tanto como yo.

Ahora todo lo que debo hacer es pasar la luna llena.

Puedo solucionar el resto de esta mierda más tarde.

Salgo del coche y veo a alguien más en el estacionamiento, yendo a un Honda Civic rojo conocido.

Adriana.

Definitivamente me ve salir del coche de Bailey.

Mierda.

Doble mierda.

Espero que mantenga la boca cerrada.

Pero de algún modo, sé que no lo hará.

* * *

Bailey

Me quedo después del colegio para hablar con el consejero sobre mis ensayos para la universidad. Cuando salgo a mi coche, encuentro una bolsa de compras con papales metida debajo del limpiavidrios de Nuevo Comienzo.

Tomo la bolsa de plástico y la abro. Dentro hay una pila de artículos de periódico. Miro a mi alrededor, aunque es muy poco probable que la persona que los dejó siga allí. ¿Fue Brumgard? ¿O Cole?

Saco el teléfono de mi mochila y reviso los mensajes. Se me acelera el corazón cuando veo que hay uno nuevo de Cole.

Por supuesto que fue él.

Te dejé los artículos del periódico en el coche.

145

Camino hacia el campo de fútbol. He estado estacionando allí a propósito, como una idiota, para poder verlo por momentos. El equipo sale a la cancha, corre unas vueltas mientras entran en calor. Veo a Cole de inmediato. Ya soy buena encontrándolo. Los hombros anchos, el cuerpo atlético.

Siempre se siente como si me estuviera mirando fijo cuando lo veo a la distancia. Incluso ahora juraría que me está viendo mientras corre. Me quedo parada allí mirando por un momento hasta que corre hasta la reja cerca de mí. No gira, se choca directo contra la reja y la dobla con su fuerza.

—Dios, Cole. ¿Qué carajos estás haciendo, amigo? —dice su amigo Wilde antes de levantar la mirada y verme. —Ah. Es una sílaba baja, de desaprobación. Se va sin hacer otro comentario.

—Tienes suerte de que haya una reja entre tú y yo ahora mismo, —dice claro con los dedos entre los lazos de metal. Esta es su forma de coquetear en público, lanzar amenazas sutiles que otros tomarán como acoso, pero que yo registro como agresión sexual.

—¿La tengo? —Lo más difícil para mí es no responder. Actuar aburrida o fingir incomodidad cuando realmente quiero que salte sobre mí en vez de esa reja. Que me toque con esas manos grandes. Me lama y me muerda como una bestia casi salvaje.

Estoy decepcionada de que estará ocupado este próximo fin de semana. El sábado es el cumpleaños de Catrina. Si realmente necesitaba un castigo, sería entonces.

Me señala con el dedo ahora mientras se aleja lento y empieza a trotar hacia atrás.

—Será mejor que te cuides, Rosa.

—Ah, estoy lista, —le grito y su rostro forma esa sonrisa de costado que me parece tan atractiva.

Acalorada y mareada, me subo a mi coche, que odio amar.

Supongo que no sólo era el miedo lo que evitaba que condujera antes. Le hice algún tipo de juramento silencioso a Catrina y no conducir fue la privación que tuve que soportar para asegurarme de nunca volver a lastimar a nadie. Para asegurarme de recordar cada día por qué no conduzco.

Pero Cole está a cargo de mi castigo ahora. Él me hizo conducir. Es su culpa. Al menos aquí no hay hielo, nieve o caminos resbaladizos para causar otro accidente.

En casa, reviso los artículos. No parece que Brumgard se haya molestado en leerlos o ponerles nota. Algunos son utilizables. Algunos una completa basura. Tomo el de Cole y lo leo.

Es bueno.

Realmente bueno.

Es una entrevista con su amigo Wilde sobre cómo es ser capitán del equipo de fútbol. Espero un montón de clichés o cosas engreídas, pero en vez de eso, Cole captura algo de vulnerabilidad y honestidad. Wilde parece trabajar en unir al equipo dentro y fuera de la cancha. Sufre de síndrome del impostor; no usa ese término, pero esa es la impresión que da. Habla de todos los zapatos que tiene que llenar de generaciones pasadas, incluyendo a su padre, quien también fue estrella del equipo de fútbol. Es un artículo destacado interesante y reflexivo y tengo que creer que Cole hizo un buen trabajo por mí.

Tomo el teléfono y le escribo. *Estoy impresionada. El mejor artículo de la pila. Gracias.*

Él me responde, Yo también puedo tener todo diez.

Si sólo te concentraras.

Puedo concentrarme. Puedo concentrar mi mano en tu trasero.

Pongo los ojos en blanco y sonrío. Luego, porque Cole está ahí, porque me apoya, abro un correo para Brumgard.

Gracias por los artículos. Seleccioné varios para la publicación. Por favor, haga que los siguientes estudiantes me envíen sus historias por correo para no tener que reescribirlos. Tengo los presupuestos de impresión. ¿Puede conseguir una orden de compra del colegio para cubrir los costos?

Hacer que un profesor sea mi perra. Estoy viviendo en un mundo totalmente diferente bajo la tutela de Cole Muchmore y sus formas engreídas de alfa-diota.

Quizás que me tocara un profesor tuvo algo positivo. Estoy aprendiendo a hacerme valer de muchas nuevas formas.

Y definitivamente tengo que agradecerle a Cole por eso.

Capítulo doce

B*ailey*

Cole me dijo que no podíamos juntarnos este fin de semana.

Eso no evita que revise mi teléfono o que mire hacia la calle para ver su camioneta después del partido de fútbol.

Fui a verlo, como prometí, y esta vez realmente lo disfruté. Rayne y yo nos sentamos al fondo, pero me sentí más cómoda. Aunque todo el resto de la escuela sigue despreciándonos, la estrella del equipo me quería allí.

Lo vi buscándome. Juraría que supe cuando me vio. Y jugó de forma gloriosa.

Lakeside no tuvo oportunidad contra la secundaria Wolf Ridge. Nuestra escuela los azotó por completo. Estoy empezando a ver por qué la gente disfruta tanto los deportes aquí. Nunca está la decepción de perder.

Pero ahora terminó el partido. Mi mamá sigue trabajando en su portátil en la mesa de la cocina y estoy en casa, pensando en Catrina.

En lo que estaríamos haciendo si siguiera viva, cómo celebraríamos su cumpleaños dieciocho. Me acuesto en mi cama y hago lo que juré no hacer: me torturo abriendo mi vieja cuenta de Instagram. Y allí está ella, su hermosa sonrisa ilumina foto tras foto de las dos juntas y con amigos. Todo un documental en fotos de nuestros años desde el séptimo grado cuando abrí mi cuenta hasta que murió.

Lloro hasta quedarme sin lágrimas y luego finalmente me controlo.

Esto no me hace bien, y si sigo tirada en este pozo que cavé, nunca saldré de él. Salgo de la cama y me pongo unas ojotas.

Necesito salir de la casa, y sé exactamente adónde ir.

—Iré a conducir, mamá, —le digo mientras me dirijo hacia la puerta.

—¿Bailey? Espera, ¿adónde vas? —Mi mamá se inclina en su silla para verme salir por la puerta de la sala de estar y notar mis ojos rojos e hinchados—. Bebé, ¿qué sucede?

Contengo un nuevo llanto.

—Nada. El cumpleaños de Catrina. Iré a conducir.

La preocupación aparece en su frente.

—Bueno, ángel, —dice como si pensara que es una idea extraña pero no la discutirá—. Ten cuidado.

Me estremezco.

—Lo intentaré, —murmuro y cierro la puerta.

El sol ya se puso y una enorme luna llena se eleva sobre Wolf Ridge. Es la Luna de los Cazadores, dijo Rayne ayer. Lo que sea que eso signifique.

Me subo a mi coche y conduzco hacia el patio de juegos abandonado. Cole dijo que le gustaba venir aquí cuando necesitaba escapar, así que me parece un buen lugar. Aunque venir aquí cuando está oscuro es un poco espeluznante.

La luz de la luna llena ilumina todo con un brillo

extraño. Pero es tan brillante que no tengo que sacar el teléfono para ver dónde voy.

Me siento en un columpio y me empujo; gradualmente subo hasta estar alto, el viento pasa rápido sobre mi piel, la sensación de caer y elevarme calma el dolor de mi corazón. Cierro los ojos y me entrego a ella.

Y entonces escucho los gruñidos.

Abro los ojos de golpe y casi me hago pis encima. Tres lobos gigantes forman un semicírculo frente a mí, mostrando los dientes, el pelaje levantado. Los gruñidos sobrenaturales hacen que el terror recorra mi columna.

Intento gritar, pero no sale sonido. Creo que mi diafragma se trabó en mi garganta.

Tomo con más fuerza las cadenas de metal, empujo más con las piernas, como si eso fuera a sacarme de aquí. Como si empujándome lo suficientemente alto, el asiento se fuera a soltar y mandarme volando a casa.

Mierda, mierda, mierda. No tenía idea de que había lobos en estas partes. O sea, sí, se llama Wolf Ridge (Cumbre de lobos), pero honestamente no sabía que había peligro real. ¿El lobo gris mexicano originario de esta zona no está en peligro de extinción?

Los lobos no muestran señales de irse. Decidieron que seré su cena y están esperando a que me baje del maldito columpio. Todo mi cuerpo empieza a temblar como una hoja. Lágrimas silenciosas caen por mis mejillas.

¿Qué puedo hacer? Tengo el teléfono en el bolso a los pies del columpio. No puedo quedarme aquí moviéndome toda la noche.

Sí, sí puedo. Eso es lo que haré.

Veinte minutos después me queman tanto los muslos que se me acalambran y me transpiran tanto las manos que apenas puedo sostenerme de las caderas. Y mi plan no está funcionando. Los lobos debajo de mí están inquietos. Primero se sentaron a esperar, pero ahora forman un círculo y se acercan más. Uno se abalanza y me mordisquea las piernas cuando paso por el punto más bajo. Grito, intento mantener los pies lo más en alto que sea posible.

Cuando me columpio hacia atrás, pone su gran mandíbula alrededor de mi pie. Mi grito hace eco en las rocas del cañón. El dolor me atraviesa donde un diente pasó por la parte superior de mi pie y me tiró a la fuerza del columpio. Aterrizo boca arriba en el suelo y me quedo sin aliento; mi grito agudo termina de forma abrupta.

El pánico me recorre. Necesito correr, escapar, pero apenas puedo pararme y estoy rodeada por tres lobos que gruñen.

Y luego, de la nada, aparece un cuarto lobo que arroja en el ring y lucha con uno de los primeros tres.

Vuelvo a gritar, intento levantarme, pero no puedo. Los lobos me tienen acorralada. El lobo más nuevo, una bestia enorme oscura y blanca, se libera de la lucha y se pone frente a mí, como reclamándome como su comida. Como si quisiera luchar con los otros por el derecho a comerme.

Oh Dios. Nunca antes estuve tan jodida en la vida.

Y tampoco estuve antes tan segura de no querer morir.

Después del accidente y de mi dolor por Catrina, me pregunté seguido por qué seguir. Ahora, estoy bastante segura de que tengo mucho por qué vivir. Explorar esto con Cole está a la cabeza de mi lista.

Y ahora puede que no tenga la oportunidad. No, a la mierda con eso. Saldré de esto.

Los lobos siguen gruñendo e intentando morderme a mí y al lobo nuevo. Cuatro lobos más entran a mi línea de visión. Dios, ¿cuántos más hay en esta manada?

Busco un arma que esté cerca. No hay mucho, pero veo

una gran piedra. Me levanto de a poco para tomarla con manos temblorosas, pero uno de los lobos se lanza contra mí y me tira al suelo. Vuelvo a gritar.

Los últimos en llegar se suman y hay más luchas. ¿Quizás son dos manadas peleando por su comida? Vuela pelaje, los gruñidos invaden el aire.

El lobo oscuro y blanco literalmente se para sobre mí en una muestra de dominancia y de territorio reclamado. Eventualmente, los tres primeros lobos dejan de pelear y se alejan, giran cada tanto para gruñirle a la manada ganadora.

Sigo teniendo miedo de moverme. El lobo que está parado sobre mí no me mira; está hacia el otro lado, pero igual podría voltear y hundir esos dientes aterradores en mi garganta en cualquier momento.

Se detienen todos los gruñidos. Parece que los lobos ganadores no necesitan mostrar dominancia. Ya están seguros de su cena. Pestañeo en la luz de la luna. ¿Uno de los lobos lleva una cadena con placa de perro? ¿Como las de los perros militares?

Y de pronto hay una nebulosa y un crujir de huesos y Cole está apoyado sobre mí, totalmente desnudo. Me levanta en sus brazos con facilidad. Mirando hacia abajo a uno de los lobos, dice cortante,

—La llevaré a tu cabaña.

Como si hablar con lobos fuera algo normal.

Maldita sea. ¡Cole se acaba de transformar desde un lobo!

¿Estoy drogada?

¿Estoy alucinando?

Me lleva más de un minuto creer lo que acabo de ver con mis propios ojos. Mi cerebro intenta producir explicaciones más lógicas, pero no hay una. Cole es un lobo. *Son todos lobos. Hombres lobo.* Y hay luna llena.

Maldición, ¿eso significa que sigo siendo la cena? ¿Pero un tipo de cena diferente y sobrenatural?

Como si sintiera mi nuevo miedo, Cole me mira a los ojos por primera vez. Son ámbar en vez de cafés como de costumbre.

—Ey, ey, ey. Ahora estás a salvo. No tengas miedo, bebé. Te tengo.

Camina los largos pasos hacia mi coche, se detiene para levantar mi bolso del piso en el camino. Tiene los pies descalzos, y está desnudo, pero no parece notar las piedras y el suelo áspero mientras camina. Sólo me lleva al lado del pasajero, me para y me quita mi sudadera para atársela alrededor de la cintura y cubrir sus partes. Dios mío, está muy erecto, muy largo; vuelvo a mirarlo a la cara rápidamente.

—Estás sangrando. —Me observa—. ¿Dónde?

—No lo sé. Mi pie, es probable. Me mordieron. —Creo que estoy entrando en shock, si ya no sucedió. Nada de esto tiene sentido.

Cole busca las llaves en mi bolso y destraba las puertas. Abre la mía y me sube al asiento.

Después de que él entra del lado del conductor, trino,

—¿M-me convertiré en mujer-lobo ahora?

Él deja salir una risa sorprendida, pero se pone serio de inmediato.

—No, bebé. Somos una especie diferente. No es una enfermedad. No es contagioso. —Él sale del estacionamiento y chilla por el camino de tierra.

—Dime que no se comen a los de mi especie.

Ahora sí se ríe.

—Sólo de la forma que te encanta, Rosa.

Llevo las rodillas al pecho, mis zapatillas arruinadas descansan en el asiento mientras abrazo mis piernas.

—Ey. —Él pone una mano sobre mi rodilla—. ¿Estás

bien? ¿Necesitas ir a un hospital o podemos ocuparnos de tus heridas en la cabaña de Austin?

Austin.

El otro es lobo. ¡Maldición! ¡Esos otros lobos eran chicos del colegio?

El hielo congela mis venas. Mi cerebro intenta ir hacia adelante para asimilar todo esto y luego cae de un precipicio y se estrella.

—¿Bailey?

—¿Eh? Oh, em, no. No necesito un hospital. A menos que tenga que darme una antirrábica o... perdón. —Me doy cuenta de que probablemente suene super ofensiva—.

¿Entonces eres un hombre lobo, eh?

—Un transformista lobo, sí.

—Transformista lobo. ¿Es lo mismo que hombre lobo?

—Hombre lobo no es el término preferido. Es lo que nos llaman los humanos.

—Claro, totalmente. —Abrazo mis rodillas con más fuerza.

—¿Bailey? ¿Estás bien ahí? ¿No me tienes miedo?

¿Le tengo miedo? No. Definitivamente no. Estoy experimentando una gran sensación de traición por no saber que toda esta ciudad era de malditos lobos reales, pero Cole Muchmore acaba de salvarme de una manada de ellos, así que no le tengo miedo a él en particular.

Pero digo,

—¿Debería, Cole?

Él mira la luna llena por el parabrisas y maldice en voz baja.

—¿Cole?

—Estarás bien, bebé. Hasta lo que saben esos idiotas, ¿nunca viste a nadie transformarse, verdad? —Él hacia el camino para darme una mirada de advertencia. Noto que sus manos estrangulan el volante.

—No vi a nadie transformarse, —repito—. ¿Qué idiotas?

Cole hace un sonido muy de lobo con su garganta. Un gruñido que me pone de punta los pelos de la nuca.

—Ese era el hermano de Bo, Winslow, y sus amigos. Son idiotas. No tenían derecho de asustarte así. —Sus nudillos se ponen blancos sobre el volante y un músculo se tensa en su mandíbula—. Habría matado al tarado de Ben por morderte si no me ganaran en números.

Ha estado siguiendo caminos alternativos por un rato, pero ahora toma un largo camino de tierra que termina en una pequeña cabina.

—¿Y luego tus amigos vinieron a ayudar? —Sigo intentando comprender todo esto. Mi cerebro sigue parcialmente sorprendido por el miedo y el asombro—. ¿Austin y quién más?

—Ya sabes, los alfa-diotas. Bo, Wilde, Slade. Es luna llena, toda la manada sale a correr. Escucha, no se supone que sepas nada de esto, Rosa. Si nuestro alfa se entera que sabes, estaré en graves problemas y tú también. —Estaciona y se baja.

Un escalofrío recorre mi columna.

Ni siquiera quiero preguntarle qué significa *graves problemas* en este contexto.

Y sí. Mi novio es un transformista lobo. La noche no podría ser más extraña.

* * *

Cole

. . .

Bailey sale del coche y se estremece al poner el peso sobre su pie herido. La levanto en mis brazos y la llevo hacia la puerta. La llave está escondida en el mismo lugar de siempre, sobre una de las vigas del pórtico. Abro la puerta y dejo entrar a Rosa tambaleándose mientras encuentro unos vaqueros y una camiseta en los tachos del pasillo del frente.

Los transformistas siempre tenemos más ropa disponible. Todo coche de transformista tiene ropa en su baúl. Las cabañas como esta se usan como lugar donde parar cuando los lobos salen a correr y están llenas de ropa, comida y suministros.

Es bueno que el papá de Austin sea el doctor del pueblo porque sé que habrá un botiquín decente aquí. Lo encuentro en el baño y lo llevo. Rosa está sentada en el sofá; se quitó un zapato y una media. Su pie ya está hinchado y con moretones y tiene una herida punzante profunda.

Verla casi me hace transformarme de la furia.

Me cae bien Winslow. Le debo el favor de ayudarme con El Capitán y de darme trabajo, pero sus amigos y él pueden ser unos verdaderos chupavergas cuando están juntos. Cuando estaban en la secundaria y todavía éramos pequeños, solían golpearnos sólo para divertirse.

No sé si Winslow pensaba que me hacía un favor molestando a Bailey. Seguro Bo le contó que nuestra relación es más complicada que acosador y víctima. Quizás sólo estaba enfadado de encontrar a una humana en nuestro lugar favorito. Ese fue mi error por traerla aquí, aunque no puedo arrepentirme de eso por lo que compartimos allí.

Le doy un ibuprofeno con un vaso de agua, luego pongo alcohol en la herida punzante, lo que la hace gritar más que cuando Ben la mordió.

—¡Perdón! Lo siento, bebé. Mierda. No tenía idea de que le dolería tanto. Pero no puedo arriesgarme a que se infecte. Las heridas humanas pueden volverse feas si no se tratan. Aprendimos eso en la clase de salud.

Después de limpiarla, lamo la herida con mi lengua. La saliva de transformista tiene propiedades curativas, sobre todo para las mordidas de lobo; es parte de nuestra biología de mordida de apareamiento. Espero que se cure rápido.

—¿Qué carajos estabas haciendo allí afuera de noche? ¿Estás loca? —Gruño, aunque estoy enojado conmigo, no con ella. Voy a la cocina a buscar una compresa fría en el congelador.

—¿Cómo se suponía que supiera que habría una manada de lobos locos paseando por allí? —exige saber.

Levanto su tobillo sobre un taburete y acomodo la compresa sobre la parte superior de su pie.

Quizás sea la luna, pero luce hermosa ahora. Su cabello está despeinado, su rostro manchado de lágrimas, pero esos ojos brillantes y labios hinchados me hacen querer besarla mucho. Me acerco y entierro los dedos en la parte de atrás de su cabello; luego lo envuelvo y tiro.

—¿Qué sucedió la última vez que saliste sola de noche?

Ella inhala, sus ojos van hacia mi erección abultada y vuelven a mi rostro.

—Me atrapó el gran lobo malvado. —Su voz es suave y rasposa, sus ojos están dilatados y negros.

—Así fue, ¿verdad? —ronroneo. Toda la ira por encontrarla siendo atacada, por escuchar sus gritos mientras corría por el bosque y temía por su vida, todo se canaliza hacia una energía sexual ahora.

Quiero hacerle de todo.

Todo. Lo. Más. Sucio.

—¿Qué piensas que hará esta vez? —La levanto y la pongo de rodillas sobre el sofá; su torso se quiebra sobre el apoyabrazos, su pie sigue descansando en la compresa que está en el taburete. Lleva unos pantalones cortos de denim que su trasero llena a la perfección, pero me estiro hacia el frente para desabrocharlos.

Golpeo una de sus nalgas primero, luego tiro de sus pantalones cortos y bajo sus bragas. La marca de mi mano ya florece en su nalga y me inclino para besarla. El aroma de su excitación me llega fuerte y va directo a mi cabeza. Mi lobo gruñe en la superficie como si quisiera marcarla.

Niego con la cabeza y me voy hacia atrás.

—Pero en serio. ¿Qué te hizo pensar que era una buena idea? Aunque no supieras de los lobos, ¿ir a un lugar oscuro y desierto de noche es un buen plan, Rosa? Eres una chica inteligente, hasta una genio. ¿En qué estabas pensando?

—Es el cumpleaños de Catrina. —Es apenas más que un suspiro.

Me quedo quieto. Empujo mi lobo bien hacia abajo.

—Mierda.

—No pares, Cole. —Está rogando. Ruega por mi ayuda con su culpa.

De a poco meto los dedos en su cabello otra vez y tiro su cabeza hacia atrás.

—Saca el trasero hacia atrás para tus nalgadas, Rosa. —Pongo una voz áspera. Despiadada. Cómo solía hablarle. Le pego una vez en el trasero; luego me acomodo mejor para sostener su cabeza hacia atrás y darle nalgadas al mismo tiempo. Después le doy una nalgada en serio. Golpes fuertes que alternan entre derecha e izquierda. Después de unos diez, ella empieza a retorcerse y a quejarse. Pararía en un santiamén si lo pidiera, pero no lo hace, así que continúo dándole nalgadas en el trasero hasta que su trasero está bien rosa. Luego me enloquezco por la recompensa. Levanto sus caderas para pasar sus bragas y pantalones cortos por encima de sus rodillas, y abrir bien sus piernas. Con un pulgar en cada lugar donde el muslo se encuentra con el trasero, la abro y lamo su delicioso néctar.

Ella grita y tiembla, pero empujo su pelvis hacia arriba contra el respaldo del sofá y la dejo ahí para poder lamerla por completo. Lamo desde el clítoris al ano y de regreso. Pongo la lengua dura y puntiaguda y la penetro con ella. Succiono y muerdo sus labios.

Pero es demasiado para mí. Mis dientes descienden. Me hago hacia atrás para alejarme de ella antes de hacer algo irreversible y me tropiezo con el taburete en el camino. El sonido de mi caída sobre mi trasero hace que Bailey voltee la cabeza.

—¡Cole!

Me doy cuenta por cómo sus ojos se agrandan con miedo que no soy yo. Mis ojos probablemente estén amarillos. Los dientes descendieron. Miro por la ventana hacia la luna.

Bailey es demasiado inteligente para su propio bien.

—¿Qué sucede con la luna llena? —pregunta con voz rasposa, es probable que por todos los gritos.

Y por la lujuria.

Niego con la cabeza y me levanto. Necesito mantener distancia con ella.

—¿Pierdes el control? ¿Eres peligroso?

Me río con dolor.

—Podría decirse.

—¿Qué sucede? —Ella sigue en posición, como si quisiera que regresara y la lamiera un poco más. Que la hiciera acabar. Por supuesto que quiere. Debe estar sufriendo tanta agonía como yo.

Paso los dedos por mi cabello.

—Hay mucha... tensión sexual.

Sus ojos se agrandan, pero no con miedo. Con interés.

Ella se baja del sofá y se acerca adonde estoy parado cerca de la ventana.

—Quizá pueda ayudar con eso. —Se pone de rodillas frente a mí y gruño.

—Bailey. —Sé que no debería dejarla hacer esto. Debería dejarla encerrada sola en una de las habitaciones hasta la mañana, pero es demasiado tarde. Ya estoy desabrochándome los vaqueros y liberando mi erección asombrosa.

Y quiero ser gentil. Juro que eso quiero, pero el mensaje no le llega a mi cuerpo. Tomo la parte de atrás de su cabello y sostengo la cabeza para alimentarla con mi miembro en su boca expectante. Ella hace un sonido de sorpresa cuando entra, pero luego mueve la lengua alrededor de la parte de abajo y succiona al salir.

—Bailey. Mierda. Destino. Esto es una locura. —Intento ordenarme a mí mismo soltarle el cabello. Dejarla tomar el mando, pero no puedo. Entre más me emociono, más fuerte la sostengo, más rápido me muevo hacia su boca, apenas me detengo de llegar al fondo de su garganta—. La chupas tan bien, —la alabo. Estoy extasiado y adolorido ahora mismo. Me muero por acabar, pero no quiero que termine. No sé si hay algo mágico en su boca o sólo si es porque es Bailey y está dispuesta a darme esto, pero nunca antes me sentí algo tan bueno en la vida—. Oh, Destino. Oh, mierda. Oh, Destino. —Voy demasiado profundo y la ahogo un par de veces, luego me obligo a salir—. ¿Estás bien? —Me toco la verga con el puño, observo su cara buscando pistas de que está disfrutando esto.

Sus ojos están húmedos, pero asiente.

—¿Puedo seguir haciéndoselo a tu boca, hermosa?

Es tan bueno. Nunca me sentí mejor en la vida. Ella busca mi verga y la guía hasta su boca por sí misma. Intento dejar que se encargue, pero sólo dura un segundo, y luego vuelvo a tomar ambos lados de su cabeza y a hacérselo sin parar. Sé qué no es cómodo para ella. Soy grande y estoy siendo demasiado bruto y controlador. Pero es una maldita superestrella porque lo siguiente que hace es tocarme las bolas. Ni bien empieza a apretar y a masajear, me vuelvo loco.

—¡Bailey, mierda! —grito. De milagro logro salir antes de acabar, derramando todo en mi mano y en el suelo. Tiro la cabeza hacia atrás y cierro los ojos, sigo tocándome la verga con el puño—. Oh, Destino. Eso fue una locura. Eso estuvo tan bueno, Rosa. —Después de varias respiraciones entrecortadas, abro los ojos de repente—. Tú nunca acabaste, ¿verdad, bebé?

Para mi gran sorpresa, ella baja los dedos entre sus piernas y toca su vagina desnuda.

Gruño. A pesar de que acabo de terminar, mi verga se vuelve a alargar.

—Cole, tú podrías...

Espero, pero ella no termina la pregunta.

—¿Si podría qué, Rosa? ¿Lamerte la vagina? ¿Darme algunas nalgadas más en el trasero? —Me pongo de rodillas mirándola y pongo los dedos encima de los suyos; luego empujo sus dedos a un costado para trabajar yo mismo en los pliegues mojados—. ¿Te doy golpes en la vagina? —Le doy un golpecito y ella chilla.

—Quiero hacerlo todo, —dice con una voz baja.

—Mieeeeeerda. —Me pongo sobre mis talones, tengo miedo de tocarla mientras contemplo esa idea. Luego digo lo primero que se me viene a la cabeza—. Hay condones aquí.

Ella se sonroja.

—El papá de Austin es médico. Nos dio la charla sexual a todos cuando teníamos doce y básicamente nos dijo que podíamos usar esta cabaña para pasarla bien y que estaría llena de condones. Pero juro que no te traje aquí por eso.

Ella se ríe, pero luego la sonrisa desaparece de su rostro.

—¿Has traído a alguien aquí antes?

—Nunca, —digo de inmediato, luego le muestro una sonrisa traviesa y la tiro boca arriba. Pongo sus muñecas junto a su rostro encantador—. Me gustan tus celos, Rosa, —murmuro justo antes de reclamar su boca.

Cinco minutos después, estoy haciéndolo con ropa en el piso y ella me aleja.

—¿Podemos pasar la noche aquí?

La emoción aumenta. Nunca antes quise pasar la noche con una chica. El sexo que tuve fue de niños haciendo tonterías. No fue del tipo en el que quieres abrazar a la chica después. Pero sí, Rosa es diferente.

—Sí, estoy seguro de que podemos.

—Tengo que enviarle un mensaje a mi mamá de que pasaré la noche con Rayne, —dice Bailey. Luego voltea de nuevo con ojos grandes—. *¿Rayne es una loba?*

—Algo así. —Digo, y me incomodo un poco por explicar la parte no tan linda de nuestra cultura—. Tiene defectos. Malos genes. Lo notas porque es demasiado pequeña. Nunca se transformó.

El labio inferior de Rosa sale hacia adelante para formar una cara triste.

—¿Por eso los chicos son malos con ella? ¡Eso es horrible!

—Lo sé. Apesta. Puede que con el tiempo se transforme. Todavía es joven.

Bailey toma su teléfono y le envía un mensaje a su mamá. Lo tomo prestado para enviarle uno a Casey y decirle que no iré a casa y que pase la noche con una de sus amigas. De todos modos, ese probablemente era el plan. Intenta irse lo más que puede.

—Listo, —le digo, y le devuelvo el teléfono a Bailey—. ¡El primero en encontrar los condones gana un premio! —Me pongo de pie rápido y salgo corriendo hacia las habitaciones. Escucho la risa melodiosa de Bailey siguiéndome.

—¡Los encontré! —grita unos minutos después desde el baño.

Me pongo detrás de ella.

—¿Qué es eso? —Tomo la botella de lubricante de sus manos y miro la etiqueta—. Mierda. El Sr. Oakley realmente preparó una guarida sexual para nosotros aquí, ¿verdad?

Bailey me golpea el brazo y se ríe, se sonroja. Le quito la camiseta, luego la mía. Abro la ducha. Bailey me mira quitarme los vaqueros, luego se desabrocha el sostén y lo deja caer al suelo.

—¿Estás bien? —Pongo mis palmas en su cintura y deslizo las manos hacia arriba—. ¿Te sigue doliendo?

Ella niega con la cabeza.

—Me siento bien, —susurra.

Bien. La levanto para subirla a mi cintura y llevarla debajo de la ducha con mis labios alrededor de los suyos.

Es bueno que ya haya acabado o no podría soportar la sensación de su piel resbaladiza frotándose contra la mía. De ver sus tetas desnudas moverse frente a mi rostro.

La pongo contra la pared de la ducha y me doy un festín con uno de sus pezones, succionando, mordiendo, tirando hasta que se retuerce contra mí. Luego me voy al otro. Mientras lo hago, me pongo sucio con las manos, sigo la raya de su trasero y la hago saltar y gritar cuando encuentro su ano.

—Oh por dios, —dice sin aliento—. ¿Cuál es tu fascinación con mi ano?

—Todo. —Le muerdo el cuello, empujo un poco contra su esfínter apretado para abrirlo parcialmente.

Ella inhala profundo y lo aprieta fuerte.

—Soy un hombre de traseros, y tú tienes uno perfecto. Además, me gusta lo movediza que te pones cuando te toco allí. Y... —arrastro la boca hacia arriba por su cuello y succiono su lóbulo— soy tu castigador. Y las chicas traviesas tienen que tomarlo por el culo.

Bailey deja salir un gemido totalmente sexual. Del tipo que escuchas que hacen las mujeres en los videos porno. Del tipo que me pone *duro como una piedra*.

—Te lo *haré* en el trasero, Bailey, —le advierto ya que es evidente que le gusta la atmósfera de castigo—. Tal vez esta noche, tal vez más tarde. Pero lo tomarás en el trasero por mí.

Ella se retuerce, frota su pequeño clítoris caliente contra la base de mi verga.

Mierda, ya no puedo esperar.

Cierro el agua y salgo, sigo sosteniendo a mi chica. Prácticamente no quisiera bajarla nunca. Como si, estando de pie, debería estar montada encima mío todo el tiempo. Pero ahora mismo, estamos acostados.

Tomo una toalla y la envuelvo por su espalda.

—Busca los condones y el lubricante, —le digo y ella se ríe y se inclina para tomarlos, frotando sus pechos mojados contra mi rostro otra vez.

La llevo a la habitación y la acuesto boca arriba. Por un momento, sólo me quedo de rodillas y la miro fijo. Es un regalo divino de la diosa de la luna, esta exuberante virgen sana, humana, ofreciéndose a mí.

—¿Sigues mojada? —Le pregunto, frotando lento mi

pulgar sobre su hendidura. Ya sé que sigue húmeda; su aroma me rodea, me intoxica—. Bastante mojada, —digo. Pero no quiero que duela. Abro la botella de lubricante y pongo una cantidad generosa alrededor de su entrada y de su ano. También me pongo un condón y lubricante encima.

Después niego con la cabeza mirando a Bailey con una autoridad falsa.

—Así que estoy pensando... a las chicas buenas las desfloran en misionero. —La pongo boca abajo y golpeo su trasero—. A las chicas malas se los hacen por detrás. —Pongo mi pulgar entre sus nalgas y provoco su ano hasta que empieza a mover sus caderas sobre la cama—. Abre las piernas, Bailey, —le ordeno con voz ronca. Las palabras salen cargadas de necesidad. Me arrodillo detrás de ella y froto la cabeza de mi miembro contra su entrada. Está apretada.

Súper cerrada.

Freno y meto un dedo en ella, abriéndola para añadir un segundo, luego un tercero.

—¿Serás una chica buena y tomarás mi verga grande, Rosa?

—Vuelve a intentarlo, —me alienta.

Aplico presión contra su entrada otra vez y ahora se desliza la cabeza. Ella gime y se tensa, y dejo de moverme para darle tiempo a acostumbrarse.

—¿Estás bien?

Ella asiente levemente.

—Sí.

Muevo su cabello para apartarlo de su rostro y ver el lado visible. Sus ojos están cerrados, su boca abierta. Me quedo quieto hasta que se relaja y empieza a empujar las caderas hacia atrás para tomarme más profundo.

—Eso es, bebé. —No me atrevo a disfrutar de celebrar lo bien que se siente su vagina cerrada apretando mi verga como un puño. Ahora estoy maldiciendo mi brillante de idea de ponerla boca abajo porque no puedo ver su expresión. Me mantengo concentrado en ella, viendo si hay señales de incomodidad.

—Cole.

—¿Sí, Rosa?

—Hagamos esto.

Me río y empujo el resto del camino. Ella grita, pero termina en un gemido. Paso los dedos por el cabello de su nuca y formo un puño.

—¿Te gusta eso, bebé?

—Más.

Mierda, sí.

Salgo lento y vuelvo a empujar, controlo mi fuerza a último momento para evitar golpear profundo. Ahora no puedo evitar el placer que me recorre.

Estoy bañado de sensaciones: su aroma en mi nariz, la vista de su rostro mirando hacia abajo en la cama, la presión de su vagina apretando mi verga. Y todo esto bajo una luna llena. Es como haber tomado éxtasis. Nunca me sentí tan bien. Tan poderoso. Tan... feliz.

Destino. Estoy feliz.

Podría estar en graves problemas con la manada y mi papá por lo que estoy haciendo ahora y no me importa un carajo. Nada se ha sentido tan correcto en toda mi vida.

Empiezo a perder el control. Maldigo y le suelto el cabello, dejo las manos junto a su cabeza y me sostengo para tener un mejor ángulo. Muevo las caderas, le doy nalgadas en el trasero con mis partes, empujando hasta la base con cada movimiento.

Ella se queja, su cuerpo se desliza hacia adelante hasta que sus hombros chocan con mis muñecas. Y ahora la tengo sujeta en el lugar. Cada empujón va más profundo, sus gritos se vuelven más fuertes. Mi visión se nubla.

Se lo hago rápido y fuerte, hago que la cama se choque contra la pared, que el colchón rebote con nuestro peso.

Bailey está haciendo esos sonidos pornográficos y mis bolas están tan tensas que las puedo sentir en la parte baja de mi vientre. Mis muslos tiemblan. Mis dientes descienden, pero juro no morderla.

Aunque su hombro desnudo prácticamente me ruega que lo haga.

—Bailey, —digo como un graznido.

—Ay por dios, Cole.

—Será mejor que acabes cuando yo lo haga. ¿Estás lista?

—No lo sé, —se queja, y me recuerda que es virgen. Nunca antes acabó con una verga adentro.

Eso es suficiente para que vuelve a controlarme, cierre la boca alrededor de mis dientes y me concentre en su placer. Salgo y ella se queja.

Tomo sus caderas y las levanto hasta que sus rodillas la sostienen. Cuando intenta sostenerse con las manos, vuelvo a bajar su torso.

—Levanta el trasero, Rosa. —Le doy una nalgada y me pongo de rodillas detrás de ella. Empujo contra su entrada jugosa otra vez y tomo sus caderas para poder hacérselo fuerte.

Llego más profundo esta vez y es glorioso. Pero no puedo ir más lento para disfrutarlo. Ni bien entro, se terminó para mí. Mis dedos se hunden en su piel y me muevo contra ella; me olvido de ser cuidadoso. Me olvido de que es virgen.

Lo peor de todo, me olvido de que es humana. Si la lastimo, durará.

Pero ella me empapa la verga. Y cuando grito, *ahora,*

acaba encima, sus músculos laten alrededor de mi largo mientras descargo mi semen en el condón.

Mis dientes dejan caer el suero que usan los lobos para marcar permanentemente a sus parejas, pero mantengo la boca cerrada, los caninos lejos de su piel.

Ambos jadeamos, nuestros cuerpos siguen unidos, un brillo de transpiración cubre nuestra piel. Mierda, creo que fui muy duro con ella. Salgo y tiro el condón, luego encuentro una toalla, la mojo y la traigo.

Bailey está acostada boca abajo sobre la toalla que está en la cama; su cuerpo desnudo es una vista gloriosa. Limpio entre sus piernas y por la raya de su trasero, quitando el lubricante y los fluidos.

—Háblame, Rosa. —La doy vuelta.

Ella me mira, irradia satisfacción.

—Estoy bien. Tan bien. ¿Tú?

El alivio me recorre.

—Tan bien, —concuerdo, y caigo a su lado.

Y es verdad. Por primera vez desde que se fue mi mamá, probablemente mucho antes de eso, estoy volando. Feliz. Satisfecho.

Como si acabara de encontrar mi llamado y me hiciera gritar Bailey Sánchez.

Capítulo trece

B*ailey*

Me despierto cada vez que me muevo en la noche porque me doy cuenta de inmediato del chico-hombre enorme, musculoso a mi lado. Quiero decir hombre-lobo.

Es una percepción agradable. Cada vez que giro, él también se mueve. Me sigue. Pone un brazo grueso por encima de mi cintura y me lleva de nuevo contra él.

Estoy haciendo cucharita con Cole Muchmore.

Si alguien me hubiera dicho que este momento pasaría hace un mes, me hubiera reído en su cara.

Cuando llega la mañana, despierto para encontrar a Cuándo apoyado en un antebrazo, mirándome.

—¡Ah! Em, hola —me cubro la boca con la mano para esconder mi mal aliento de la mañana.

—Hola.

—¿Cuánto tiempo llevas, em, observándome?

—No lo sé. Un rato. —Tiene el entrecejo fruncido.

—¿Te preocupa que yo sepa? Ya sabes, ¿sobre lo de ser lobo?

Él inhala lento.

—No porque *tú* sepas. Pero sí, un poco. Intento pensar que diré si Winslow y sus amigos le dicen al alfa lo que pasó anoche. —Él se frota la mandíbula—. No creo que lo hagan. No deberían haberse metido contigo como lo hicieron. Serían castigados por eso. Está prohibido alertar al mundo humano de nuestra existencia y acorralar y atacar a una chica en un patio de juegos es una cierta violación a esa ley. —Él sigue la forma de mis cejas con su pulgar y me derrito.

—¿Quién es el alfa? —Le pregunto.

Los labios de Cole se tensan y no habla por un momento.

—Confío en ti, Bailey, pero creo que debería callarme sobre todo el funcionamiento interno de la manada.

Intento esconder el dolor que me causan esas palabras. Casi que preferiría que el alfa-diota de Cole dijera, *Cállate, Rosa.* El Cole sincero, el Cole honesto, me hace trizas. Porque aunque estamos acercándonos emocionalmente, sigue separándonos. Piensa que tiene que hacerlo.

Y quizás así sea.

—¿Cómo está tu pie hoy? —Él me quita las mantas de encima, luego gruñe, sus ojos brillan amarillos mientras pasan por mi cuerpo desnudo—. Estás desnuda.

—Tú también. —Mi rostro se calienta pero yo también recorro su cuerpo con mis ojos. Él es como una de esas estatuas de mármol de los Dioses Griegos. Músculo sólido. Hermoso.

Luego ve mi pie y el momento acabó porque está hinchado y violeta.

—¡Mierda, Bailey! ¿Esto les sucede a los humanos? ¿Se pone peor antes de mejorar?

—¿Qué les sucede a los transformistas? —Le pregunto,

pero ya estoy recordando lo rápido que sanó de la golpiza que le dio su padre. Ahora tiene sentido.

—Casi todo sana de la noche a la mañana. —Él toma mi pie alegremente para lamer la herida. Estoy muy contenta por él de que nos duchamos.

—¿Eso ayuda?

Él se encoje de hombros.

—Eso espero. Nuestra saliva tiene algunas propiedades curativas. —Él sale de la cama y va al baño. Cuando regresa, tiene un vaso de agua y más ibuprofeno. Acomodo las almohadas y trago.

Cole se sube encima de mí.

—¿Qué hay del resto de ti, Rosa? ¿Estás adolorida? —Él roza su pulgar entre mis piernas.

Un escalofrío me recorre.

—Un poco sensible.

—Veamos cómo está tu trasero. —Él me da vuelta—. ¡Nada! —exclama alegre—. Tu trasero tiene habilidades curativas de transformista.

Me río hasta que me da una nalgada y trago el sonido con un gemido.

—Todavía te debo tu castigo, Rosa, por ponerte esos malditos pantalones cortos en la escuela. —Vuelve a darme una nalgada, esta vez abarca más de mi muslo trasero y chillo.

—¡Auch! Eso dolió, maldición.

Él golpea mi nalga.

—Qué extraño cómo funciona eso. —Él baja a la altura de mi trasero en la cama y se inclina contra el cabezal—. Ponte sobre mi regazo como una humana atrevida y te mostraré qué sucede cuando pones celoso a un lobo.

—¿Por qué estarías celoso? —Protesto, pero su dominancia me provoca cosquillas de emoción y me pongo en posición, incluso mientras discuto con él. Su verga se asoma entre sus muslos, luce dura y enojada.

Después de anoche, estoy envalentonada sobre mi habilidad de chuparla. O sea, ¿básicamente fue un recipiente para su verga, no? No hay mucho más. Me arrollo junto a su regazo y tomo la base para lamer la cabeza.

—Oh, Destino, —maldice Cole—. ¿Qué estás haciendo? —Su voz suena ahogada.

—Pensé que sería evidente. —Bajo la boca sobre su largo, lo tomo en la mejilla y acaricio el largo con la lengua.

Él me pellizca uno de los pezones y tira.

—¿Estás intentando compensarlo? —Su respiración es rápida y dificultosa ahora; su bulto se siente apretado en mi puño. Me golpea el trasero y luego toma la nalga con fuerza —. ¿Intentas lograr que no te castigue?

—Nunca, —ronroneo y deslizo la boca sobre su pene otra vez, llevándolo un poco más profundo.

—Buena chica, —gruñe y empuja mi cabeza hacia abajo muy rápido. Me ahogo y me voy hacia atrás velozmente—. Perdón, —murmura, pero vuelve a empujarme, esta vez toma mi cabello para alejarme a último momento antes de ahogarme. Es increíblemente sensual para mí. Gimo alrededor de su verga, lo que parece excitarlo aún más. Empieza a empujar y a tirar más rápido de mi cabeza—. Tómala, Rosa. Toma mi gran verga enojada. Porque esta erección es toda para ti, bebé. Me la has puesto dura desde que te mudaste con esos pantalones cortos de denim que tenías anoche. Y eso realmente me enojó. —Él toma mi cabello con más fuerza, me empuja y tira de mi cabeza con una fuerza brutal. Escucho la frustración en su voz, el enojo. La desesperación—. Quería ponerte de rodillas y llenarte la boca con mi verga todas las malditas noches. Quería llenarte el trasero con mi miembro.

Sus palabras me sorprenden tanto como me excitan. Si todavía no hubiera visto el otro lado de Cole, ahora tendría miedo, pero estoy segura de él. Él no presiona, aunque le gusta hablar sucio.

—Huelo tu excitación, bebé. No puedes esconder nada de un lobo. Cada vez que te excitaste, lo supe. Ahora mismo, estás empapada para mí.

Gimo alrededor de su verga y él gruñe, sus sacudidas se vuelven erráticas. Me saca justo antes de acabar, toca su verga con la mano mientras se chorrea encima.

—Mierda, Bailey. Esa boca es una locura. —Toma la sábana y limpia rápidamente el desastre—. Ahora quiero ese trasero aquí. —Señala su regazo con su sonrisa más engreída.

Estoy acalorada y más que emocionada, pero supongo que también me estoy sintiendo testaruda.

—Oblígame, —lo provoco.

Él se ríe.

—Fácil. —Y es fácil para él. Un empujón y estoy sobre su regazo. Él pone mis muñecas detrás de mi espalda y me da diez nalgadas rápidas.

Me quejo porque fue un poco más de lo que esperaba.

Cole pone sus dedos entre mis piernas y acaricia despacio los pliegues empapados.

—¿Te gusta sentir mi fuerza, Rosa? ¿Siquiera te das cuenta de lo mucho más fuertes que son los transformistas comparados a los humanos?

No me había dado cuenta por completo hasta entonces, pero de pronto recuerdo cada vez que me levantó y me llevó con cero esfuerzo.

Y sí. Sí me excita.

—¡Por eso los deportes son tan importantes en Wolf Ridge! —Exclamo, me acaba de dar cuenta, y él se ríe.

—Es por eso, bebé. Tenemos que contenernos y fingir que perdemos la mitad del tiempo.

Quiero hablar más de eso, pero Cole empieza a darme nalgadas otra vez, otras diez que dejan mi trasero prendido fuego.

—Lo de las nalgadas iba en serio, —digo con voz entrecortada cuando termina.

Él se ríe y amasa mi trasero.

—Definitivamente. Este trasero se hizo para las nalgadas, Bails. Y yo estoy hecho para dárselas.

Él desliza dos dedos en mi interior. Definitivamente sigo un poco sensible, pero también se siente genial. Levanto las caderas para tomarlo más profundo. Por supuesto que también tiene que ir por mi trasero. Empuja el pequeño botón, me hace tensarme y apretar. Él saca los dedos y empieza a darme más nalgadas. Ahora tengo el trasero caliente. Cosquilleante. Definitivamente me arde, pero el dolor sólo amplifica el deseo. Él sigue con su juego, de hacérmelo con los dedos, luego darme dos rondas más de nalgadas, hasta que estoy retorciéndome y gimiendo en su regazo. Quiero que termine conmigo ahora. Que me haga acabar.

—Cole, —ruego—. Quiero que estés adentro de mí.

Él me da una nalgada más fuerte.

—¿Ah, sí? —Su voz tiene ese tono grueso y rasposo que me dice que también está perdiendo el control—. Él único lugar donde tendrás mi verga es en ese trasero. ¿Estás lista para eso, bonita?

Em...

¿Cómo saberlo? Ayer no sabía dar una mamada o cómo se sentía que te desvirguen. Quizás debería terminar con todas mis primeras veces de una vez. Dárselas todas a Cole Muchmore. ¿Ha probado que es digno de ellas?

—Bueno. —Me tiembla la voz.

—¿Sí? —Cole suena sorprendido, pero se pone en acción de inmediato. Me levanta de encima de él y me acomoda en el centro de la cama con dos almohadas debajo de mis caderas. Y entonces empieza a adorar mi trasero. A apretarlo, frotarlo, separar mis nalgas y lamer mi ano. Me mete los dedos mientras me lame el trasero. Me da nalgadas. ¡Me golpea la vagina!

Estoy respirando con dificultad, moviendo las caderas de lado a lado, saltando sobre las almohadas. Cole pone lubricante entre mis nalgas y lo frota alrededor de mi ano. Él empuja hasta que uno de sus dedos, quizá su pulgar, atraviesa el anillo cerrado y me penetra. Gimo. Es intenso.

¡Y vergonzoso!

Busco entre mis piernas y encuentro mi clítoris.

—Eso es, Rosa. Dale placer a tu vagina y yo tomaré tu trasero.

Gimo para mostrar que estoy de acuerdo. Gradualmente me acostumbro a la sensación de tener su dedo dentro de mí, llenándome y estirándome. Pero justo cuando empiezo a disfrutarlo, él lo quita.

Escucho que resbala más lubricante sobre piel, probablemente de su miembro, y él empuja contra mi entrada.

Me quejo y cierro fuerte los ojos.

—Bailey, tómalo. Deja de resistirte, bebé.

No sé qué quiere decir, pero respiro profundo y me obligo a relajarme al exhalar. Funciona porque empieza a estirarme bien.

—Auch... —Protesto. El estiramiento arde un poco.

Cole pone más lubricante en el lugar donde estamos conectados y avanza un poco. Cuando entra su cabeza, siento alivio. El resto de su miembro es más fácil, aunque la intensidad de estar tan llena, tan colmada, me sobrepasa.

—¿Estás usando esos dedos, Bails?

Me gusta su nuevo apodo para mí. Vuelvo a mover los dedos entre mis piernas. Mi vagina está hinchada y muy mojada. Mis propios dedos se deslizan hacia adentro sin que intenta hacérmelo con ellos. Presiono el borde de mi mano sobre mi clítoris y los hundo una y otra vez.

Cole me sostiene las caderas y me lo hace por atrás. Hay algo muy humillante en esto. Me da placer e incomodidad en partes iguales que parecen ir perfecto con las nalgadas, un castigo. Cole se vuelve mi dueño con cada empujón. Me muestra que es el jefe. Tiene el control y no hay nada que pueda hacer al respecto.

No lo digo en serio; sé sin lugar a dudas que pararía si se lo pidiera.

Pero ese es el juego que estamos jugando.

El juego que ambos amamos.

Pone un poco más de fuerza, choca contra mis nalgas calientes con sus partes cuando entra. Se queda adentro y da empujones rápidos y cortos, choca contra mí cada vez.

Quiero acabar. Ya estoy más que lista, pero es más difícil con mi trasero así de estirado. Suelo tensar todo cuando llego al orgasmo, pero no me atrevo con su verga enterrada adentro de mí.

La respiración de Cole se vuelve entrecortada. Sus dedos se hunden en mis caderas.

—¿A la pequeña humana traviesa se lo están haciendo duro en el trasero ahora, verdad? —Su voz áspera está a un millón de kilómetros de distancia. Ya estoy a mitad de mi órbita—. ¿La verga de quién están tomando como una buena chica, Rosa? ¿Quién es el dueño de este trasero?

—Cole. Eres tú. —También estoy balbuceando. Ambos nos ahogamos en la charla sucia y en la increíble intensidad del acto. Mi trasero definitivamente le pertenece y me siento castigada del todo. Traviesa y también redimida. Querida y deseada.

Él sale y acaba en todo mi trasero. Meto los dedos en mi vagina y acabo encima de ellos.

Y luego los labios de Cole están por toda mi espalda, sobre mis hombros, en mi cuello. Me encanta tanto esta parte como el resto. Sin esto, podría cuestionar mi propia cordura por dejar que un tipo me degrade. Pero esto sucede cuando está agradecido y bondadoso. Se asegura de que esté bien. Me cuida.

Sé esto incluso antes de que me gira y me mire a los ojos con esa intensidad atenta.

—¿Estás bien?

Asiento felizmente.

—Muy bien.

Una sonrisa lenta se extiende por su rostro.

—Yo también.

* * *

Cole

Siento que acabo de tener un trasplante de personalidad. Estoy feliz y contento. Optimista sobre las posibilidades del futuro, para variar. Nos levantamos y trabajo en borrar la evidencia de nuestra presencia en la cabaña: cambio las sábanas de la cama, y pongo estas en la lavadora. Puedo volver y ponerlas a secar más tarde. O quedarme. Supongo que Bailey puede y debería conducir a casa. A solas.

Pero no quiero estar separada de ella.

La acompaño al coche, mis dedos entrelazados levemente con los suyos.

—No quiero dejarte ir a casa. Quiero atarte a esa cama y tenerte aquí por siempre.

La mirada de Bailey brilla con asombro. Acaricio su mejilla con la parte de atrás de mis dedos. Quiero darle algo que signifique algo parecido a lo que ella acaba de entregarme, pero no tengo nada, así que me conformo con un beso.

Es uno bueno. Boca abierta pero lento. Lleno de promesa y reconocimiento. No quiero dejar de besarla, pero sé que necesita irse a casa.

Le abro la puerta y la veo entrar detrás del volante.

—Esta noche entraré por tu ventana, —digo rápido mientras cierro la puerta.

Ella se ríe y baja la ventana.

—Hablo en serio. Será mejor que la dejes abierta para mí. —La señalo con el dedo—. Necesitaré volver a estar dentro de ti otra vez de manera urgente. Como cada maldita noche. ¿Entendido?

Cuando luce dudosa, me inclino en el marco de la ventana.

—Sucederá. Treparé por tu ventana y pondré mi mano sobre tu boca mientras te lo hago por atrás. Tu mamá nunca sabrá que estuve allí.

Ella se sonroja.

—¡Dios, Cole!

Me encanta sorprenderla.

—Déjala abierta, —vuelvo a advertirle y camino hacia la cabaña.

Volteo en la puerta para verla encender el motor e irse. Sólo después de que su coche está completamente fuera de vista entro de nuevo y termino de ordenar.

Luego me quito la ropa de Austin, la doblo prolijamente y cierro la cabaña. Mi camioneta sigue en la meseta, y ahora tengo que correr en forma de lobo en pleno día.

Tendré muchos problemas si alguien me ve, pero realmente valía la pena.

Mi adicción a Bailey acaba de volverse unas cien veces peor.

Capítulo catorce

ailey

B —¿Entonces literalmente soy la única humana en Wolf Ridge? —Le pregunto a Rayne el jueves por la tarde mientras estamos sentadas afuera del Dairy Queen. La recogí después de visitar Planned Parenthood para empezar a tomar anticonceptivos.

—Shh. —Ella baja la cabeza y la voz aunque no hay nadie cerca—. Los transformistas tienen una audición especial. Siempre asume que hay alguien escuchando.

Yo también agacho la cabeza.

Intenté mantener el secreto de lo que sabía de Rayne. Cole dijo que no debería decirle o ella también podría meterse en problemas con su alfa, y dijo que la carga debería ser solo suya. Pero tengo demasiadas preguntas y mi tiempo a solas con Cole... bueno, no se pasó hablando.

Él no estaba bromeando sobre meterse por mi ventana. Dos de las cuatro últimas noches me visitó después de medianoche. Como lo prometió, piensa en todo tipo de maneras de estar conmigo sin hacer ruido.

Y sí, suelen incluir su mano sobre mi boca, lo que es

sensual por más de una razón. Me gusta cuando me sujeta, cuando me manipula. Sobre todo ahora que sé qué es. Que es cincuenta veces más fuerte que yo y realmente podría hacer lo que quisiera conmigo. También me encanta el tabú de hacerlo en mi habitación con mi mamá al final del pasillo. Siempre fui una buena chica, así que ser mala con Cole es lo más emocionante que he hecho.

—No. Es un veinte por ciento de humanos.

—¿Y ninguno de los otros humanos lo saben?

Rayne niega con la cabeza.

—Está prohibido. La ley de la vieja manada dice que cualquier humano que se entere debe ser asesinado. Obviamente no se ha puesto en práctica en más de cien años. Al menos, no que yo me haya enterado.

—Bueno, ¿entonces hace cuánto está la manada aquí?

—Desde antes de que Arizona fuera un estado, pero después de que se volviera un territorio. Cuando era todo el Lejano Oeste. Los pobladores originales de la manada eran vaqueros y rancheros.

—¿Como los vaqueros que llevan armas?

—Nah. No las necesitamos. Además, mantenemos un perfil bajo.

—Entonces qué le sucede a un humano ahora, si se enteran. ¿Qué podría pasarme a mí?

El rostro de Rayne se nubla con preocupación.

—No lo sé. A veces traen a una sanguijuela para borrarle los recuerdos de nosotros al humano.

Inclino la cabeza.

—¿Una sanguijuela?

—Un vampiro.

Me recorre el cuerpo un escalofrío violento.

—¿Los vampiros también son reales?

Rayne asiente.

—¿Qué más?

Ella me mira.

—Otros transformistas. Diferentes especies.

—¿Como qué?

—Lo que se te ocurra. Zorros, osos, leones, panteras. Hasta algunos raros como búhos. Y se supone que solían haber transformistas dragones, pero creo que sólo crees en eso si crees en los dragones.

—Me volaste. La cabeza.

—Bueno, hablé de más. Tu turno. ¿Tú y Cole... —ella levanta las cejas y las baja como final de su pregunta.

Asiento, sonrojándome.

—Sí. Hoy empecé a tomar anticonceptivos. Le muestro el paquete de pastillas que me dieron para empezar.

—¿Estuvo bueno?

Me sonrojo un poco más.

—Tan bueno. No tenía idea de que podía estar tan bueno.

—Qué celos. O sea, no de Cole. Sólo de tener sexo. —Rayne también se sonroja—. Bueno, una cosa que probablemente no te dijeron en el consultorio del doctor es que los transformistas no portan ETS. Así que no tendrás que usar condones cuando estés tomando la píldora.

—Bueno, eso es un alivio, supongo.

Aunque pensar en Cole teniendo sexo con otras chicas en el pasado hace que mi interior arda de celos. Abro la boca para preguntarle quiénes fueron sus novias anteriores, pero me arrepiento.

Ya es difícil navegar esto nuevo entre Cole y yo. No necesito además sumar a sus amores pasados a esto.

Capítulo quince

Cole

Las reuniones de la manada son el domingo antes de la luna llena.

Como cumplí dieciocho en septiembre, son obligatorias para mí, lo que apesta porque preferiría estar pensando formas de tener a Bailey a solas conmigo otra vez.

La presencia de mi padre también es obligatoria, aunque últimamente es un lemino. Logró estar más o menos sobrio hoy y los dos condujimos juntos en mi camioneta.

Pero ni bien llegamos, todo explota.

El Alfa Green y Sam Drake, el papá de Adriana, están juntos cerca del frente y ambos voltean a vernos cuando entramos.

—Allí están, —escucho que dice el Sr. Drake. Su rostro y cuello están rojos con furia.

Se acerca a nosotros y el Alfa Green lo sigue. El Sr. Drake me señala con el dedo.

—Te arrancaré el miembro, Cole —gruñe mi papá; sus ojos cambian. Se lanza sobre Drake.

—¡Suficiente! —El Alfa Green pone tanta orden alfa en

la palabra que toda la congregación se queda callada en sumisión. Él baja la voz—. Llevaremos este asunto a una habitación privada.

Cuando el Sr. Drake empieza a protestar, dice,

—Por el bien de tu hija.

¿Qué carajos?

Mi cerebro está explotando. Estaba preocupado de que me dijeran algo por estar con Bailey. ¿Qué carajos tiene que ver Adriana con esto?

Ni bien estamos a solas en una de las salas de reuniones, el Sr. Drake me golpea en la mandíbula. Caigo, las luces bailan frente a mis ojos. Escucho dos gruñidos: uno de mi papá y uno del alfa.

Vuelvo a pararme, pero mantengo los puños y los ojos bajos para mostrar que me rindo.

El Alfa Green tiene al Sr. Drake contra la pared sostenido de la garganta.

—*Controlarás* tu temperamento, —gruñe.

—¿De qué se trata esto? —Le pregunto.

—Sí, ¿de qué se trata esto?

—Como si no lo supieras, —gruñe el Sr. Drake.

—No lo sé. —Mantengo un tono neutro y calmado.

—Adriana está embarazada, —me arroja.

Pestañeo, sigo calmado.

—¿Y? Estoy cerca de ser un sabelotodo aquí, pero en serio, ¿piensa que es mío?

—Y dijo que tú la embarazaste.

—¿Eso es verdad, hijo? —mi papá me mira mal.

Ahora pierdo el control.

—Ella dijo que *yo*... No. Mierda, no. Definitivamente no.

—Cuida la boca, niño, —me dice el Alfa Green de mala manera.

—¿Estás negando haber tenido sexo con mi hija?

Mi cuello se acalora. Esta no es la conversación que quisiera tener con el padre de ninguna chica.

—Bueno, no. ¡Pero fue una vez! ¡El año pasado!

Drake se abalanza sobre mí otra vez, pero el Alfa Green lo vuelve a poner contra la pared.

—Eso es mentira, —grita—. Ha salido contigo una docena de veces este mes. Me dijo que estaban saliendo.

Me quedo boquiabierto.

—¿Cole? —La voz de mi papá es severa—. Has salido muchas noches este mes. Si estás mintiendo...

—No estoy mintiendo, —digo con exasperación.

—¿Con quién salías? —Pregunta el Alfa Green.

—Dame tu teléfono, —insiste mi papá, estirando su palma.

Mierda. ¿Por qué no borré mis mensajes con Bailey?

La tengo agendada allí como «Rosa», pero mi papá sabrá totalmente quién es. No sólo estaré en graves problemas con nuestro alfa por tener una relación con una humana, mi papá estará totalmente destruido. Destruido como para perder la cordura.

—*¿Con quién salías?* —El Alfa Green pone una orden alfa en su voz y mi resistencia se evapora.

—Bailey Sánchez, —murmuro, sin poder resistir la orden alfa.

¡Mierda!

—¿La hija de Denise Sánchez? —Pregunta el Alfa Green con sorpresa.

La vergüenza por traicionar a mi papá me ahoga, sobre todo por la forma condenadora en la que me está mirando el alfa.

—*¿Qué?* —Gruñe mi papá; sus ojos se iluminan de color

amarillo—. ¿Estás saliendo con esa mocosa malcriada de al lado?

Mierda.

Mierda. Mierda. Mierda.

—Para empezar, las relaciones con humanos están prohibidas, —dice el Alfa Green, aunque su hijo recientemente se casó con una humana.

Además, soy un hijo de mierda. No dice eso, pero escucho que lo insinúa.

—¿Estás saliendo con una humana y con Adriana? —Pregunta el Sr. Drake.

—¡No! No con Adriana. Te lo dije. No desde el año pasado. El tipo es un idiota.

—Mi hija no es mentirosa.

Acordamos no estar de acuerdo.

—Te dije que te alejaras de esa chica.

No sé qué es peor. Mi papá borracho y furioso o semisobrio con su mirada malévola en los ojos. Como que les hará algo malo, realmente malo, a Bailey y a su mamá. O a mí, pero eso no me importa una mierda. Simplemente no puedo dejar que esto afecte a Bailey. No puedo dejar que nuestro alfa pregunte si sabe sobre nosotros. Olería una mentira y los resultados para Bailey si él lo supiera serían desastrosos.

—¿Hace cuánto sales con la humana? —Pregunta el Alfa Green.

Necesito hacer que se olviden de Bailey.

Le muestro las manos al Sr. Drake.

—Con todo el respeto, su hija mintió. Ese cachorro no es mío. —Al Alfa Green le digo—, no estoy *saliendo* con Bailey. —Volteo hacia mi papá y le ofrezco la única explicación que puedo darle para calmar la situación. Una que no ha sido verdad desde la primera vez que toqué a Bailey—. No estamos saliendo; estoy equilibrando las cosas. Usándola. —Finjo mi encogida de hombros más despiadada—. Tomé su virginidad y la usé. Y ella se lo creyó porque soy un alfa y ella una humana. Y no tuvo chances. —No puedo mirar los rostros de desaprobación del Alfa Green y del papá de Adriana. Sólo dirijo las mentiras a mi papá, cuyo rostro violeta empieza a relajarse. El amarillo de sus ojos desaparece—. Ya me cansé de jugar con la humana, la dejaré de rodillas. Su mamá te arruinó. Yo la estoy arruinando a ella.

Una sonrisa lenta se extiende por el rostro de mi papá.

—Ese es mi chico. —Pone una mano pesada sobre mi hombro.

Estoy asqueado. Quiero vomitar. Pero esta es la forma de salvar a Bailey.

—¿Así trataste a mi Adriana? —El Sr. Drake se lanza sobre mí otra vez.

—¡Por el amor de Dios! —Levanto las manos en el aire y apelo a nuestro alfa—. ¿Terminamos aquí? No es mi cachorro. Me haré la prueba de sangre para probarlo.

El Alfa Green parece asqueado por todos nosotros.

—Terminamos. Vayan al salón para la reunión. —Sale de la habitación y lo sigo, pegado a sus talones. Tengo puestas mis anteojeras, intento bloquear cualquier mierda que venga de mi padre o del Sr. Drake así que al principio no registro la pequeña figura que se inclina contra el bebedero.

Uno de los chicos que jugaba afuera entró a beber mientras los adultos estaban reunidos.

No.

Ella levanta la cabeza y me mira con deseos de matar y el estómago se me sube hasta mis costillas.

Rayne.

Maldita Rayne la enana acaba de escuchar todas las mentiras que dije sobre Bailey.

* * *

Bailey

—Me dejará de rodillas, —repito sin sentirlo. Miro la pantalla de mi teléfono, donde aparece un nuevo mensaje.

Bailey, no escuches a Rayne. Deja que te explique.

Es el tercero de Cole. Los dos primeros sólo fueron para hablarme. Ahora tienen sentido.

Rayne está sentada en mi cama, derramando las lágrimas que yo no logro encontrar.

Estoy demasiado sorprendida. Demasiado vacía. Demasiado destruida.

Ella se limpia los ojos.

—Lo siento. Odio ser la mensajera, pero tienes que saberlo.

Asiento sin hablar.

—¿Y lo de Adriana?

No sé por qué me interesa a estas alturas si lo hicieron, pero necesito saberlo. Rayne se encoje de brazos.

—No lo sé. Ella ha estado actuando como si estuvieran juntos desde el baile de bienvenida, pero no creo que él sintiera lo mismo. Quien sea que la embarazara no debe ser tan alfa como Cole, así que espera atraparlo y hacer que él sea su pareja.

No pregunto qué significa eso. Apenas puedo pensar más que todo el ruido de mi cabeza. Cole dijo esas cosas de mí. A gente importante en su vida: su alfa, su papá.

Si fue verdad o no, así les presentó nuestra relación. Así

habla de mí frente a su mana y probablemente también frente a sus amigos.

Me coloco boca abajo en forma diagonal sobre la cama.

—Dios, soy una idiota. No parece que pueda llorar.

—No, no lo eres.

—Sí, sí lo soy. Incluso después de que estuvimos juntos, lo dejé fingir que me odiaba en la escuela. No reconocerme. No protegerme. Cuando todo el colegio actúa como si fuera una leprosa. Debo tener cero respeto por mí misma.

Ahora caen un par de lágrimas calientes.

—No. Yo también habría aceptado a Cole Muchmore de cualquier forma que se hubiera entregado. Es un Dios en nuestra escuela. En nuestra manada. Es el rey de los alfadiotas. Y algo de ese chico malo pensativo te hace creer que puede redimirse.

—Pero no es así. —La amargura hace que las palabras vibren contra mis dientes.

Esa es la verdad de la cuestión. Cole Muchmore no tiene salvación.

Lo prejuzgué totalmente mal.

—Gracias por decírmelo, —le digo con pesadez—. Ahora sólo quiero estar sola.

Rayne pone una mano sobre mi espalda.

—Lo entiendo. Dime si necesitas algo. Helado. Un bate de beisbol. Lo que sea. —Ella se baja de la cama.

No me molesto en levantar la cabeza.

Pensé que mi accidente y la muerte de Catrina eran las peores cosas que me habían pasado. Y lo eran; esa noche definitivamente es peor que esto.

Pero ahora mismo se siente como si me estuvieran abriendo el pecho bien grande y todo lo que me importara cayera en un charco a mi alrededor.

* * *

Cole

Recibo un mensaje de *Vete a la mierda* de Bailey, lo que confirma lo que ya sé: Rayne le contó.

No me atrevo a ir a su casa después de la reunión de la manada porque mi papá me está vigilando. Hasta se mantuvo sobrio y calentó una pizza congelada para que cenáramos.

Como si ahora estuviéramos uniéndonos. Como si lo hubiera enorgullecido.

Mi estómago está irritado con lo que hice.

Intento decirme a mí mismo que hice lo correcto en sacarle la sospecha de Bailey al Alfa Green, y en clamar a mi papá.

Pero es una mentira que hasta yo sé que huele a mierda.

Subo a mi habitación después de cenar e intento volver a mandarle un mensaje. *Por favor, deja que te explique. ¿Puedo ir esta noche?*

Toca mi ventana y llamaré a la policía. No necesito tus explicaciones. Ya sé lo que dirás.

Me quedo mirando fijo la pantalla. Mierda. Tendré que explicárselo por mensaje. *Adriana mintió y dijo que la embaracé. Me dieron la orden alfa para que dijera que estuve contigo, no con ella. Mi papá enloqueció y el Alfa Green empezó a decir lo de la regla de no humanos, así que hice que pareciera que sólo lo estaba haciendo contigo. Bailey, sabes que eso no es verdad. Sabemos los secretos del otro, ¿recuerdas?*

Sí, lo sé. Me apuñalaste por la espalda para salvar tu trasero. Lo entiendo. Los humanos y los lobos no se mezclan, sobre todo considerando nuestros padres. Así que no lo haremos. Fin de la historia.

El *fin de la historia* me llega como el peor golpe en el estómago. Hasta ahora, me sostenía la esperanza de que una vez que le asegurara que no era verdad, estaríamos bien. Ella lo entendería, como ha comprendido lo de mantener lo nuestro en secreto.

Me tiemblan los dedos mientras sostengo el teléfono y miro fijo la pantalla. El pánico que me ha estado carcomiendo en el fondo desde que vi a Rayne ahora toma el control por completo.

Bailey, quiero mezclarnos. Lo lamento, sólo no sé cómo. Lo arruiné. Fue una forma estúpida de protegerte, pero te juro que eso estaba haciendo. No quería que el alfa preguntara si sabías algo de nosotros, y no quería que mi papá fuera tras de ti o tu mamá.

Pero no responde, lo que es lo peor de todo.

¿Por favor, puede verte en persona?

Todavía nada.

Tomaré su palabra sobre llamar a la policía.

Rompo la pared junto a mi cama con el puño.

¡Mierda!

Bailey

—Si te acercas más, te daré una cachetada.

—Hablo sin voltear desde mi casillero cuando siento la presencia de Cole detrás de mí.

—Voltea, —murmura—. Tomaré la cachetada, Rosa.

Giro y se la doy tan fuera que me quedo sin aliento por

el ardor en mi palma. Él no se mueve, sólo me mira con ojos tristes.

Todos dejan de moverse en el pasillo. Hasta dejan de respirar. Todos los ojos están sobre nosotros.

—No puedes llamarme Rosa, —le digo entre labios cerrados—. No puedes llamarme nada.

A varios casilleros de distancia, veo a Adriana y sus amigas porristas juntas, mirando con ojos grandes. Adriana tiene una sonrisa traviesa. Como si fuera su cumpleaños y esta escena su regalo. Como si hubiera ganado.

Perra.

Cierro mi casillero de un golpe y volteo.

Cole toma mi muñeca para llevarme hacia atrás pero cuando ve el enojo en mi rostro, la suelta y levanta las palmas como rendición. Luce horrible. Su cabello está despeinado, tiene círculos oscuros debajo de los ojos y líneas profundas entre las cejas como si se hubiera estado preocupando.

—Detente, Bails. Sólo quiero hablar. —Lo dice con una voz tan baja que apenas puedo oírlo.

Hago un espectáculo de mirar a todos lados.

—¿Estás seguro de que puedes hablarme en público? ¿No querrías que alguien aquí supiera que realmente te importo, verdad? Ah espera, no es así. Fue todo un juego. Repíteme, ¿cuál era el objetivo? ¿Ponerme de rodillas? Aviso importante, Muchmore: Sigo caminando.

Si Cole todavía necesita fingir que él es mi acosador, lo dejaré. Puede mantener su imagen de alfa-diota intacta. Yo no puedo probar que realmente tenga corazón en ese pecho tallado que tiene.

Él traga saliva.

—Sabes que eso no era verdad. Todo lo que dije fueron mentiras. Te lo *dije*. —Baja los hombros. No puedo negar la tortura marcada en cada línea de su rostro. Pero no me ablandará.

Fue estúpido ignorar antes a la persona alfa-diota. Pero ya no la tendrá fácil conmigo otra vez.

Empujo entre los espectadores; me obligo a no dejar que caigan las lágrimas calientes que llenan mis ojos. Por supuesto que al final del pasillo tengo que pasar a Casey y a sus amigas.

Casey me bloquea el paso a medias.

Levanto el mentón y paso sin mirarla. Estoy temblando, pero no soy la pequeña extraña confundida que era cuando llegué a la secundaria Wolf Ridge. Ahora sé su secreto. Y sé que no soy yo; son ellos.

Y sé la verdad real de Cole; no es un imbécil. O al menos es capaz de algo más. Pero quizás ese sea su secreto mejor guardado. Quizá realmente guardo todos sus secretos.

En la biblioteca, me siento y saco mi Chromebook, en la que he estado armando el periódico. Tengo todas las historias destacadas, artículos de deporte y entretenimiento. Lo que me faltan son noticias reales.

Pienso en Sr. Findle, mi profesor de periodismo en Golden. «Una historia real se trata de noticias que signifiquen algo para los lectores. No son noticias que los políticos, o en nuestro caso, la administración quiera alimentarle a la población. Es la historia que alguien intenta esconder. O de la que no quieren hablar. Huelan esas noticias, descubran esas heridas, expongan esas fallas. Ese es el periodismo real.

Todavía recuerdo los titulares: *Dos alumnas de GHS involucradas en un accidente fatal de tránsito.* Y luego el mes siguiente: *Alumna de GHS sufre de estrés postraumático tras accidente fatal.* Y el tercero: *Alumnos recuerdan a Catrina Golberg a través de un proyecto de arte con azulejos.*

Recuerdo cómo los estudiantes se juntaban para leer el

periódico y releer las historias ni bien salían. Cómo hablaban con voces bajas. Algunos incluso lloraban.

Quería matar a nuestro editor, John Yager, por querer escribir sobre eso. Por pedir entrevistarme. Me negué a hablar con él al principio. Pero de algún modo me convenció de que la historia sería sanadora para todos.

Tenía razón. Y John Yager ganó el premio estatal de periodismo y una suma de mil dólares por su «reporte sensible de la tragedia que afectó a todo el cuerpo estudiantil de GHS».

Odié ser el sujeto de esas historias. Pero para ser honesta, que contaran mi historia y la de Catrina sí ayudó en cierto punto.

Miro fijo la pantalla oscura.

Aquí también hay una historia que contar.

Una historia que, otra vez, podría ponerme en la foto y causarme mucho escrutinio e incomodidad. Una historia que arrastra mi experiencia trágica y la expone para que otros la exploren. Es la noticia más importante que contar en la secundaria WR. La noticia que significa algo para todos los estudiantes. Una que podría proteger a futuras estudiantes de sufrir lo mismo que yo.

Y no contarla, guardar el secreto para proteger mi propia privacidad, no sólo es cobarde, podría ser dañino.

Inhalo profundo y exhalo lento.

Entonces... ¿cómo escribo esto?

* * *

Cole

· · ·

Bebo tres de las cervezas de mi papá después de la práctica. Ya está desmayado en el sofá; su panza de cerveza cuelga debajo de su camiseta y por encima de sus pantalones deportivos.

Llevo una cuarta arriba a mi habitación, donde colapso boca arriba en mi cama.

Quizás beba hasta morir como mi papá. Que extraño era trabajar tanto para tener el control, que haya comida sobre la mesa, mantener un promedio de C para poder jugar al fútbol, evitar que mi papá explote.

De pronto nada importa.

La escuela, el equipo de fútbol, la manada, la familia. No me importa un carajo.

No significan nada.

Todo el esfuerzo que puse en encajar en algún rol en el que me encasillé yo mismo. Alfa-diota sin remedio. Estrellas de fútbol. El hijo de Jerry. El hermano de Casey.

Ni siquiera hice un buen trabajo en esos papeles, pero me hacían seguir. Me mantuvieron en un carril que ni siquiera me gusta.

Y ahora nada me importa una mierda.

Todo lo que siento es dolor que baña mi cuerpo. De la cabeza a los pies.

¿Esto siente Bailey?

¿Esto le causé?

Porque si lo es, quiero golpear mi propio rostro.

Debería golpearme el rostro.

Lo intento y logro romperme la nariz. La sangre brota y corre por la parte de atrás de mi garganta. No me muevo de donde estoy tirado.

—¿Cole? —Casey toca mi puerta y luego la empuja para abrirla cuando no respondo. ¿Por qué huelo sangre? *Destino*. Ella me mira con asco—. ¿Te hiciste eso tú mismo?

—Sal.

Ella pone las manos en su cadera y me mira.

—¿Entonces qué sucedió? ¿Adriana está embarazada y dice que es tuyo?

Mi mano se cierra con fuerza alrededor de la botella de cerveza, la aplasto y me corto la palma con el vidrio.

—*Cole.* —Casey se apresura a quitarme los vidrios de la mano y a arrojarlos a la basura—. ¿Es tuyo? —pregunta con calma.

—¡Mierda, no! No la he tocado en un año. —Miro a Casey con ganas de asesinarla.

Ella lo ignora y sigue quitando los vidrios.

—Pero la hum... ¿Bailey no te cree?

Miro fijo mi piel mutilada, no siento nada.

—No. Se enteraron de que estuve con Bailey, no con Adriana. Y papá estaba ahí. Y Alfa Green. Y no quería que enloquecieran así que dije toda esa mierda. —Quiero volver a golpearme el rostro. Cierro la mano con el vidrio roto y aprieto, meto las piezas que quedan más profundo en mi piel.

—¡Detente! —Casey empuja mi hombro y me vuelve a abrir los dedos—. ¿Qué mierda? ¿Qué sucedió?

—Estupideces. Cosas malas de mierda. Que la estaba usando para estar a mano. Que mi plan era arruinarla. Lo que pensaba hacer antes de enamo... —trago. Mierda, es verdad—. Antes de enamorarme, —digo ahogado—. Y luego salí y estaba la maldita Rayne allí en el pasillo y escuchó todo.

Los ojos de Casey se agrandan.

—Ay, mierda.

—Sí. Entonces Bailey se cansó de mí. Y ni siquiera puedo mirarme a mí mismo en el espejo por lo que le hice. —La vergüenza me consume—. No sé qué hacer, Casey. —

Nunca admito debilidad con mi hermanita. Con nadie, excepto con Bailey. Pero necesito un consejo de mujer ahora mismo—. ¿Puedo arreglarlo?

Casey está pálida. No sé si sea por lo patético o el horror de lo que he hecho.

—No lo sé, Cole. —Hasta a Casey le doy asco—. Básicamente elegiste a tu papá alcohólico y abusivo antes que a la chica que amas. Buena elección.

Ni siquiera tengo la energía para mirarla mal. Me froto la mano por el rostro, dejo sangre y pedazos de vidrio por mi mandíbula.

—Para. —Ella me golpea la mano—. *¿La amas?*

De pronto me arden los ojos. Los recuerdos de Bailey pasan por mi cabeza.

Ella parada bajo la ventana de mi habitación, mirándome en silencio.

El asombro en su rostro cuando vio el parque de juegos abandonado por primera vez.

La forma en la que lloró por mí en el coche.

Su aroma a canela y miel.

La confianza que me entregó cuando no la merecía.

Su voluntad de explorar un paisaje sexual que ninguno de los dos había visitado antes.

Fue estúpido pensar que era débil. O nerd. O que merecía mi desprecio.

Es compleja, pero clara. Rota, pero fuerte. Tiene mucho más coraje del que tendré yo jamás.

Quería romperla, pero al final, ella me rompió a mí.

Y soy una maldita *nada* sin ella.

—*Dios, Cole.* —Casey suena preocupada por lo que sea que ve en mi rostro. Mierda, quizás es la humedad en mis ojos—. Entonces será mejor que pienses en cómo reconquistarla.

Me inclino y vomito en el suelo las tres cervezas que tomé.

Casey se queja y se mueve fuera de la línea de ataque.

—Qué asco. Eres asqueroso. Tienes que decidir. ¿Quieres levantarte y reconquistar a la chica o usar a papá como tu modelo a seguir y sólo tirar la toalla en tener algún tipo de vida decente? Desde donde lo veo, parece que ya elegiste la opción dos, así que bueno. Buena suerte con eso.

Me acuesto en la cama y cierro los ojos, desearía poder desmayarme y olvidarme del dolor en mi pecho.

La habitación da vueltas. No he comido desde el desayuno y la práctica de fútbol fue agotadora hoy. Supongo que por eso no pude contener las cervezas. Debería limpiarme a mí y al piso. Debería salir de esta cama.

Pero no parece que pueda lograr moverme...

Capítulo dieciséis

B*ailey*
No iba a ir al juego. Supongo que realmente soy masoquista. ¿Toda esta relación con Cole no prueba eso?

No, no quiero pensar en eso.

Tuvimos momentos que no cambiaría por nada. Y conozco la verdad sobre Cole. Debajo del bravucón y sus fanfarronadas, de su pavoneo y arrogancia engreída, hay un joven compasivo, digno que hace lo correcto cuando llega el momento. Que cuida a quienes ama, aunque signifique soportar una golpiza y fingir no salir con la chica que le importa.

Y sé que le importo.

No lo fingió. No me estaba usando o intentando romperme. Sólo que... no está en una posición para ser mi novio.

Lo perdono por todo. Porque a pesar de todo el dolor de esta ruptura, él me dio mucho más.

Y por eso estoy sentada en la última fila del estadio con

Rayne, mirándolo jugar al fútbol. No pude mantenerme alejada.

Veo a su papá abajo en el frente, una botella de cerveza en la mano.

Cuando sale trotando el equipo, Cole está cabizbajo. Se pone en posición para la primera jugada y corre con una decidida falta de entusiasmo, pierde la pelota al otro equipo.

Los espectadores de nuestro lado se quejan y murmuran. Escucho que escupen el nombre de Cole de todas partes. Supongo que sus fanáticos sólo están cuando hay buen clima.

Lo que me enfada.

Espero que sus amigos no sean así.

Me siento y miro el desastre de la primera mitad con un nudo en el estómago, mis manos hechas un bollo sobre mi falda. Cole es un desastre. Un completo desastre.

Y no calma a mi ego saber que es por mí.

Sólo me hace querer morir por dentro.

—¿Quieres algo? —Pregunta Rayne cuando todos se levantan de las bancas para estirar y buscar comida.

—No. —No me muevo. Mi cuerpo se siente tan pesado, maldición. Mis extremidades pesan un millón de kilos. Rayne se va y me siento a mirar la multitud.

Son transformistas. Es probable que la mayoría. Qué extraño es ya no considerarme ajena. Wolf Ridge es mi escuela. Este equipo, mi equipo.

Nada de eso tiene sentido, pero al descubrir lo diferente que soy, finalmente encajo.

Quizá sólo saber que comparto su secreto.

Eso fue lo que también nos acercó a Cole y a mí. La vulnerabilidad de los secretos compartidos.

Apenas noto que Rayne vuelve y el juego continúa. Estoy adormecida por todo el dolor.

Pero luego Cole sale y estoy fascinada por ver su figura otra vez.

Suena el silbato, tiran la pelota. Cole la atrapa. Alguien del otro equipo lo taclea.

Y luego Cole se vuelve completamente loco.

En una muestra clara de fuerza sobrenatural, él se levanta, tira ambos cuerpos para aterrizar encima del otro tipo, que está boca arriba en el suelo. Y luego voltea y empieza a golpearlo.

El árbitro sopla el silbato sin parar. La multitud grita y abuchea, la de ambos equipos. Los compañeros de Cole intervienen y lo sacan arrastrándolo de encima del tipo y su entrenador sale corriendo y gritando.

—Falta. El jugador número veintiséis está descalificado, —dice el árbitro por micrófono.

No puedo oír qué grita el entrenador, pero está claro que está furioso con Cole. Cole camina hacia el costado, pero justo antes de llegar, frena y se quita el casco.

Me mira directo.

No respiro.

Él no se mueve.

Su entrenador le está gritando. La multitud abuchea. Y luego empieza a murmurar. «¿Qué está haciendo?» o «¿A quién está mirando?». La gente a nuestro alrededor se gira en sus asientos, busca hasta que todos en nuestra sección ponen sus miradas en mí. O al menos, siento sus miradas en mí. No estoy mirando. Todo lo que veo es el rostro angustiado de Cole, su mirada que arde sólo por mí.

Levanto los dedos en un saludo dudoso.

Él levanta el mentón.

Dos de sus amigos lo toman de los brazos y lo sacan de la cancha a la fuerza.

Me muerdo los labios para evitar ponerme a llorar, aunque ni siquiera sé por qué estaría llorando.

Por Cole.

Por mí.

Por nosotros.

Lo que no puede ser.

Nos quedamos sentadas el resto del partido, aunque no veo nada. Para ser honesta, ni siquiera sé si Wolf Ridge ganó o perdió. Es probable que me sentara allí toda la noche si Rayne no me hubiera tomado del brazo y me hubiera arrastrado a caminar hasta mi coche.

En el estacionamiento, escucho el sonido de voces femeninas alzadas, pero lo ignoro. Las porristas están cerca de los coches de los jugadores, donde se suelen juntar, listas para las fiestas después del partido.

—¡Bailey!

Miro al grupo. Porristas y una pandilla de otras chicas que apenas reconozco.

Rayne toma mi brazo, como si estuviera preocupada.

—¡Bailey! —Casey está en el centro de la muchedumbre. Sostiene el brazo de Adriana por la parte superior con una fuerza que deja moretones y la arrastra entre el grupo de chicas hacia nosotras.

—Dile, —gruñe Casey y sacude a Adriana. Ella es alta, más grande que Adriana, aunque sea dos años menor. Y definitivamente comparte el poder de Cole para la intimidación.

—¿Decirme qué? —Le pregunto. Un escalofrío baja por mis piernas. ¿Qué tiene que ver esto conmigo? Realmente no soporto más del drama de Wolf Ridge.

Adriana me muestra los dientes en un gesto instintivo de loba y mueve el cabello. —No le diré nada.

—Bien, le digo yo. Adriana no está embarazada. Nunca lo estuvo. Lo inventó para causar problemas.

Lucho por tragar, obligo a mis manos pegajosas a soltarse. ¿Por qué cree Casey que me importará? ¿Por qué le importa a *ella*? Y el por qué más grande de todos: ¿por qué dice esto en un lugar público cuando sabe que su hermana nunca afirmó tener una relación conmigo? ¿Cuando negó y escondió su relación conmigo?

—No importa, —respondo—. No me importa.

El pecho de Casey se desinfla. Ella me mira fijo un momento.

—Bueno, a mí sí. —Ella gira a Adriana para enfrentarla —. Vuelves a causarle problemas a mi hermano o a su novia y te patearé el trasero personalmente. —Ella suelta a Adriana con un empujón.

—Sí, —concuerdan algunas chicas de voleibol.

Las amigas de Adriana la atrapan. Ella se pone pálida. Casey definitivamente parece capaz de cumplir con la amenaza.

—No soy su novia, —murmuro, pero nadie me escucha. Las chicas están empezando a gritarse entre ellas de nuevo y Rayne me separa con ojos grandes.

—Alguien está intentando arreglar lo que está roto, —dice cuando llegamos a mi coche.

—Sí, ¿de qué crees que se trate eso?

—Creo que a ella no le gusta ver tan mal a su hermano.

Los escalofríos bajan por mis brazos.

—¿Por mí? —Susurro, aunque sé que esa es la única respuesta.

—Em, ¿sí? —Rayne usa su tono de voz de *obvio*—. Acaban de echarlo del juego. Definitivamente le está costando romper contigo.

Niego con la cabeza y enciendo mi coche.

—No puedes romper algo que nunca sucedió.

—Ah, no me vengas con eso. Puede que no tuvieran etiqueta, pero los dos definitivamente eran algo. Algo grande e importante para ambos.

Sus palabras me provocan una mueca de dolor. Él fue algo grande e importante para mí.

Todavía lo es.

Salgo hacia la fila de tráfico del partido.

—No lo suficientemente importante como para salir en público. Hasta su hermana está más dispuesta a admitir que éramos pareja que él.

Rayne se frota la frente.

—Claro.

Me abro paso entre las calles llenas de gente hasta que llego al barrio donde dejo a Rayne.

Las luces están apagadas y no hay coches en la entrada de la casa de Cole cuando llego a la mía, lo que es un alivio. No necesito preguntarme lo que está haciendo. Así sea pensar en mí. Si le duele el pecho tanto como a mí.

Pero supongo que después de esta noche sé la respuesta.

Le duele.

Desearía que eso me hiciera sentir un poquito mejor, pero no.

* * *

Cole

Son las 10.45 de la noche y estaciono frente a la casa de Rayne. Su mamá probablemente me matará por tocar el timbre a esta hora, pero no me importa un carajo. El entrenador Jamison básicamente me pateó el trasero después del partido. Me tiró contra los casilleros y me dijo que, si iba a actuar como un criminal, entonces estaba fuera del equipo.

—Entonces estoy fuera, —le grité como respuesta, pero él me volvió a chocar contra los casilleros.

—No te atrevas a renunciar, Muchmore, —me gruñó—. Deja de actuar como un niño que no tiene control sobre su vida.

—¡No tengo control! —Le grité.

—Entonces tómalo, —me dijo Jamison calmado—. Nadie más está a cargo de ti que tú mismo, Cole. Ni yo. Ni tu papá. Ni el alfa. ¿Dejarás que alejen a tu novia de ti?

Me quedé mirándolo fijo, sorprendido. Pero por supuesto que sabía lo que me sucedía. Mis amigos se lo habrían contado cuando casi arruino el partido. Ellos harían lo que fuera por mí, pero Jamison es alfa y como un padre para todos nosotros.

Y entonces una calma total se apodera de mí. Calma y determinación.

—No, —juro—. No lo haré.

Entonces estoy aquí. Para ver cómo arreglar este desastre que causé. Enterarme por Casey lo que hizo Adriana sólo me hace estar más decidido. Subo los escalones y toco el timbre.

Su mamá, una trabajadora del piso de producción en la cervecería, atiende y me mira con ojos entrecerrados, como si intentara entender qué sucede.

—¿Cole Muchmore? —pregunta con incredulidad.

—Debes estar bromeando. —La voz de Rayne llega desde donde fuera que estuviera y ella aparece un momento después en la entrada.

En vez de invitarme a pasar, sale del pórtico y le cierra la puerta en la cara a su madre.

—¿Qué quieres? —exige saber, cruzando los brazos

sobre su pecho. Ella es sesenta centímetros más baja que yo, pero parece que perdió el miedo que me puede haber tenido en el pasado. Bailey logró eso por ella. Le dio la confianza que le faltaba.

Meto las manos en los bolsillos para parecer menos intimidante.

—Un consejo. Necesito tus consejos. O tu ayuda.

Ella levanta una ceja.

—¿Tú necesitas *mi* ayuda? —Su tono es de incredulidad.

—¿Cómo recupero a Bailey?

Abre la boca con sorpresa. Algo de hostilidad desaparece. Pero dice,

—¿No crees que es mejor no despertar al lobo dormido? O sea, de todos modos, no puedes estar con ella. Está prohibido.

Pateo su escalón.

—No me importa una mierda que esté prohibido. Garett Green se casó con una humana, —-digo, refiriéndome al hijo del propio alfa—. Algunos miembros de su manada están en pareja con humanas. ¿Por qué esta manada es tan anticuada que ni siquiera puedo salir con una?

Rayne se encoje de brazos.

—No lo sé. ¿Estás dispuesto a ir contra el alfa por esto?

Es una prueba. Me doy cuenta de que quiere saber qué tan lejos iría por Bailey antes de decirme algo.

—Sí, —digo con total y completa claridad—. Me enfrentaría con Green. Con mi papá. Con mis amigos. Lo que fuera necesario. Estoy dispuesto a luchar por ella. ¿Eso quieres saber?

Rayne se encoje de brazos.

—Eso es lo que ella necesita saber.

La miro fijo e intento procesar lo que intenta decirme.

—La hiciste sentir que no valía la pena reconocerla en

público. Como si te avergonzaras de estar con ella. Si quieres arreglar esto, será mejor que muestres que estás orgulloso de tenerla como tu novia.

Mi pulso se acelera. Lo que está diciendo tiene sentido. Humillé a Bailey al hablar de esa forma acerca de ella frente a mi papá y el alfa. Puede que haya entendido que mentía, pero no puede perdonarme la falta de respeto y honor que le mostré.

—Gracias, Rayne, —balbuceo—. Eso tiene sentido.

Vuelvo por su entrada, mi mente da vueltas con soluciones al problema. ¿Cómo me pruebo ante ella? ¿Cómo le demuestro que siempre la defenderé, en público y en privado?

Capítulo diecisiete

En la cultura de los lobos, los más grandes y fuertes siempre ganan. Sobrevive el más fuerte. Dominancia y orden de manada. No sé hace cuánto he sido más grande y fuerte que mi papá. Pasó en algún momento del año pasado.

Lo supe antes de que mi vecino Lon sugiriera que era momento de devolver la pelea, pero no quería. Antes de que mi papá se volviera un alcohólico público. Antes cuando era un buen padre, me enseñó a respetar a los mayores. Incluso ahora, cuando ya no vale mi respeto, me cuesta romper ese patrón.

Pero hay que hacerlo.

Mi papá es tóxico para esta familia. No lo culparé por lo que pasó entre Bailey y yo. Eso es mi culpa. Mis malas decisiones. Pero lo que es seguro es que no lo usaré como excusa de no tener lo único bueno que me ha llegado en la vida.

Y tampoco lo dejaré arruinarle el futuro a mi hermana.

Después de la práctica, camino por la casa recogiendo botellas vacías y arrojándolas al tacho. En algún momento del mes pasado, mi papá pasó de cerveza a Jack Daniels. Hay cuatro botellas vacías en la cocina. Encuentre tres parcialmente llenas por la sala de estar. Las tiro por el drenaje.

—¡Ey! —grita mi padre desde la sala de estar, donde ha estado durmiendo frente al televisor—. ¿Qué carajos estás haciendo?

—Deshaciéndome de tu alcohol, papá, —le explico con calma.

Casey aparece en la parte superior de las escaleras, una testigo atenta.

—Al carajo con eso. ¡Baja eso, Cole! ¡Bájalo ahora! —Mi papá sale disparado de su silla y viene tambaleándose hasta mí.

Lleva toda mi concentración no reaccionar con el patrón usual de miedo o defensiva o evitación. Ahora soy el alfa. Puedo encargarme de él si debo hacerlo.

—Ya no beberás hasta matarte. No permitiré que haya alcohol en esta casa, —digo, como si yo fuera el padre y él el hijo—. Empezarás a ir a reuniones de AA y a mejorar, o te largas.

Mi padre me lanza un golpe.

Me agacho y lo golpeo en el estómago, fuerte. Realmente fuerte. Entre más rápido caiga, mejor.

Él se dobla y cae de rodillas.

—Esta es mi maldita casa, —dice mi padre con dificultad, todavía tocándose el estómago—. No puede decirme qué hacer.

—Mira cómo lo hago. —Canalizo al Alfa Green. No pongo enojo en mis palabras. Sólo la confianza calma y firme de un líder—. Tienes dos hijos en esta casa que necesitan un entorno estable. Se los darás. Mejorarás y conseguirás un trabajo. Y si no lo haces, estarás en la calle.

Mi padre se lanza directo del piso a mis piernas, me taclea. Pateo con la pierna que tengo libre y le doy una vez en la cara. Dos veces. Tres veces.

Casey grita.

Vuelvo a patearlo.

—¡Lo estás matando, Cole!

Lo pateo una vez más. Se queda quieto.

—Destino, —dice Casey mientras baja rápido las escaleras y se inclina sobre nuestro papá.

—Ahora yo soy el alfa de la casa, —le digo a Casey—. Puede hacerse hombre y ser padre o se larga.

Casey se pone a llorar.

Le toco el hombro y ella se acerca, me deja sostenerla mientras se quiebra y llora.

—Se acabó, —le digo—. Estaremos bien.

* * *

Bailey

Dormí cerca de tres horas anoche. Mi nivel de ansiedad está por las nubes, pero ahora es muy tarde para retractarse. La primera edición de la *Gaceta Escolar de la Secundaria Wolf Ridge* saldrá hoy.

No es el artículo que escribí para la primera página lo que me anuda el estómago, aunque ese fue el que me dio pesadillas anoche. No, es el relato en primera persona que escribí para la página de atrás lo que me hizo comerme las uñas esta mañana. Ahí delaté a Cole. Le quité el poder que tiene, que tenía, sobre mí. Ya no dejaré que siga escondiéndose detrás de ese personaje bravucón. Él es un héroe para mí y se lo revelaré a toda la escuela.

Dejaré que la verdad salga a la luz. ¿Para eso son los periódicos, verdad?

Rayne y yo salimos del campus durante el almuerzo. Le digo al monitor de la puerta que haremos unos asuntos oficiales del periódico y puede llamar a Brumgard para comprobarlo mientras voy a recoger los periódicos de la imprenta en Cave Hills.

—¿Los responsables de tu colegio saben que imprimirás esta historia? —me pregunta con curiosidad el vendedor de la imprenta.

Bien. Eso significa que escribí un titular poderoso. *Profesor de Wolf Ridge Agrede Sexualmente a Estudiante* es el tipo de titular que hacen que todos se detengan a leer.

—Están a punto de enterarse, —le digo.

—Te felicito, —me dice y nos ayuda a llevar las cajas a mi Beetle—. Qué forma de darle en las pelotas.

—Gracias. Estoy un poco nerviosa, pero sé que es lo correcto.

—Definitivamente, —dice el empleado.

—Será épico, —agrega Rayne—. Estoy tan orgullosa de ser tu ayudante ahora mismo.

Le sonrío y respiro profundo.

—¿Lista para hacer esto?

—Lista.

—Vamos.

* * *

Cole

Entramos a almorzar y de inmediato siento el alboroto. Hay

una energía en el aire, una emoción nerviosa y cargada de cada chico.

Periódicos.

Todos tienen periódicos.

—¡Cole! —Uno de los jugadores de JV me pasa uno. Me toma medio segundo leer el titular y entender.

Corro hacia el salón de Brumgard. Bo, Wilde, Austin y Slade me siguen de cerca. El imbécil está allí, almorzando en su escritorio. Es probable que todavía no haya visto el periódico. Golpeo su puerta con mi palma.

—Cuiden esta puerta, —les ordeno a Bo y Wilde, quienes de inmediato ponen sus espaldas contra ella.

Los transformistas lobo operan de forma similar a una estructura paramilitar. Somos soldados por naturaleza, listos para entregar nuestras vidas por lo que importa, siempre seguimos la cadena de mando. Mis amigos ni siquiera han leído el artículo, pero responden con ferocidad instantánea, confían en mi instinto de guerra de resguardar el salón de Brumgard. En treinta segundos, una multitud de chicos de clases más bajas se unen a hacer guardia.

—Ustedes dos cubran la ventana de afuera, —les ordeno a Austin y a Slade.

Ellos asienten y trotan, con una media docena de voluntarios siguiéndolos de cerca.

Leo rápido el artículo. Es un artículo completamente fáctico, escrito con el estilo de pirámide invertida que nos enseñó Brumgard: las noticias más importantes al principio.

La estudiante de último año WR Bailey Sánchez fue agredida sexualmente por el profesor de periodismo Alfred Brumgard el 6 de octubre en su salón después de clases. La agresión, todavía no informada a las autoridades, fue presenciada e interrumpida por el estudiante de último año Cole

Muchmore, quien parece haber ingresado al salón a buscar trabajo para créditos extras de Brumgard.

Muchmore agredió físicamente a Brumgard para detener el incidente, lo que provocó una nariz rota en el docente.

Sánchez, la víctima, dijo «Le contaré esta historia al público ahora porque quiero asegurarme de que no le suceda a nadie más».

Parece que Muchmore será testigo en el caso de ser necesario.

Bailey Sánchez es una genio. Es una genio valiente y brillante. Me arden los ojos.

—Cole. —Me dice uno de los chicos cerca de mí—. Lee esto. —Abre el periódico en otro artículo. El titular es, *Estudiante de WR Comparte su Relato en Primera Persona del Ataque.*

Me empieza a latir el corazón cuando lo leo.

Por Bailey Sánchez

Este artículo fue difícil de escribir, pero quiero que se conozca mi historia. Soy una estudiante nueva en la secundaria Wolf Ridge. Alguien de afuera. No tenía muchos amigos cuando empecé aquí y todavía no los tengo.

Cuando le pregunté a mi profesor de periodismo, el Sr. Brumgard, si estaría dispuesto a empezar un periódico escolar, al principio se negó. Pero luego, creo que porque me vio sin amigos, sospechó que sería una presa fácil. Me invitó a encontrarme con él después de clases. Una vez solos, me ofreció su simpatía por mi situación de no tener amigos, me juró amistad, y metió su mano por mi falda.

A la noche, acostada en la cama, pienso en las cosas que desearía haber hecho cuando sucedió. Lo que podría haber hecho diferente para prevenirlo en primer lugar o cómo podría haberme defendido mejor por mí misma.

Me avergüenza decir que, en el momento, todo lo que hice fue quedarme helada como un ciervo ante los faros.

Pero tengo suerte. Cole Muchmore, el mariscal de campo del equipo de fútbol de WR, entró en ese momento. No éramos amigos. De hecho, habría dicho que era lo opuesto. Pero eso no evitó que Cole entrara en acción de inmediato para protegerme de mi atacante. Ni bien vio mi situación, golpeó la nariz de Brumgard con el puño y le dijo que nunca volviera a tocarme.

Cuando escapé, me siguió para asegurarse de que estuviera bien. Me ofreció ayuda si quería presentar cargos.

Aunque entiendo que la vergüenza de la agresión sexual debería ser del perpetrador, no de la víctima, no quería hablar. No quería que se supiera mi historia o que la gente pensara que estoy rota o dañada.

Pero después de pensarlo mucho, decidí que era mejor contar mi historia para prevenir que lo que me pasó a mí le suceda a otra marginada social u otra chica vulnerable en cualquier sentido que asista a esta escuela.

No quiero que me tengan pena. No quiero que hablen susurrando sobre mí o que me señalen. Si me ven en los pasillos después de leer esta historia, preferiría que me choquen el puño o los cinco. O simplemente un «Hola, Bailey» estaría bien.

Golpeo mi cabeza contra los casilleros. ¿Cómo pude ser tan cruel e insensible hacia Bailey? Incluso después de que yo, personalmente, me sensibilizara con ella, nunca levanté mi prohibición al resto de los estudiantes de hacerse amigos de ella. Ellos siguieron mi ejemplo, mis órdenes. Ha estado caminando por esta escuela como una marginada desde el día uno por mi culpa.

Golpeo mi cabeza contra los casilleros otra vez.

Pensé que estaba rompiéndola, pero la verdad es que ella vino rota. Vino rota de la muerte de su mejor amiga, y luego Brumgard la rompió más.

Pero ella volvió a sanar.

Se levantó de todo, por encima de mí y la mierda que dije sobre ella, sobre Brumgard, sobre todos los estudiantes de esta escuela que la despreciaron. Y lo hizo no poniendo una barrera y fingiendo ser fuerte.

No, ella mostró vulnerabilidad.

Bailey Sánchez tiene más agallas que cualquiera que conozca.

Golpeo mi cabeza una tercera vez y una mano leve toca mi hombro.

—¿Sr. Muchmore? —Es la Sra. Cok, la profesora de español—. Creo que lo mejor será que venga conmigo a la oficina del director.

A la oficina, claro. Porque caerá Brumgard. Camino con la Sra. Cok hasta la oficina del director. Bailey está parada afuera y el director Olsen abre la puerta y nos llama a ambos.

Sigo a Bailey. Ella lleva uno de esos mini vestidos que me enloquecen, esta vez tiene un collar anticuado y soquetes hasta la rodilla. Ella es única y hermosa y definitivamente lo mejor que pasó en este campus.

Pero el aroma metálico del miedo se huele en la habitación. Está nerviosa.

Me acerco a ella y tomo su mano, aunque no tengo idea de si me dejará sostenerla.

—No tienes nada que temer, —digo con firmeza.

El director Olsen se da vuelta rápido.

—Es verdad, no hay nada que temer. —Levanta un

papel—. Tengo una pregunta para ambos. —Él señala el artículo principal—. ¿Todo esto es verdad?

—Sí, señor, —respondo.

Bailey asiente.

Olsen levanta el teléfono.

—Llame al alguacil. Y que el entrenador Jamison vaya al salón de Brumgard para asegurarse de que no intente huir.

—Ya me encargué de eso, —interrumpo.

Olsen levanta las cejas y me mira, pero asiente, escucha a quien sea que esté del otro lado de la línea.

—Así es. Sí, que Green también sepa. —Cuelga el teléfono y mira a Bailey—. Lamento mucho lo que te sucedió. ¿Quieres llamar a tu mamá o lo hago yo?

Bailey cierra los ojos.

—Mi mamá, —se queja—. Yo la llamo.

—Muy bien. Ustedes dos quédense sentados aquí hasta que llegue la policía. Iré a ver cómo está la situación con Brumgard. Cole, ¿dices que tú te encargaste?

—Puse a algunos jugadores en su puerta y ventana. No irá a ningún sitio.

—Buen trabajo, Cole. —Él pone una mano sobre mi hombro—. Lo hiciste bien. Estoy orgulloso de ti.

Quiero poner los ojos en blanco porque eso es lo que haría el viejo yo, pero por primera vez el cumplido de un adulto se siente honesto y merecido. Lo acepto como el honor que es.

—Gracias, señor.

Él sale de la habitación.

—Bailey...

—Mejor no, Cole. —Suena cansada. Agotada. Aleja su mano de la mía.

Me acerco, pero no la toco. Tengo mucho que decir y

esta es la primera oportunidad que he tenido para estar solos cara a cara.

—Bailey, lo arruiné. Te lastimé y lo siento.

El dolor pasa por mi rostro y ella mira hacia otro lado, por la ventana del director Olsen.

Toco su mejilla y traigo su mirada de regreso a mí. No insisto, sólo acaricio levemente.

—Dame otra oportunidad, bebé, y haré todo bien esta vez. Me enfrentaré con el Alfa Green y con mi papá y cualquier otra persona de la manada que piense que no debería estar contigo. Te pondré una maldita corona en la cabeza y te pasearé por esta escuela como mi legítima reina. Si me das otra oportunidad, seré el mejor maldito novio que esta ciudad ha visto, este mundo, —me corrijo, separando bastante las manos.

El fantasma de una sonrisa aparece en el rostro de Bailey.

—¿Qué hace el mejor novio?

Sonrío porque puedo ver que empieza a ceder.

—No lo sé, pero realmente me aseguraré de averiguarlo. Miraré a mi novia y me daré cuenta de lo que necesita de mí y se lo daré.

Bailey agacha la cabeza. Cuando vuelvo a levantar su mentón, las lágrimas brillan en sus ojos.

Quiero tomar su rostro y reclamar su boca como lo he hecho antes, pero me contengo.

—Necesito besarte, bebé. ¿Puedo hacerlo, por favor?

Ella me toca. Lleva mi rostro al suyo. Besa mis labios. Sabe dulce, como a golosinas. Acaricio mis labios con los suyos, saboreo la suavidad, la belleza de su perdón.

Afuera de la oficina, escucho la voz grave del Alfa Green y termino el beso.

—Ven aquí, bebé. Tengo que hacer algo. —Tomo su mano y la llevo afuera de la oficina.

Green está parado en la oficina, su figura imponente absorbe toda la energía de la habitación. Termina su conversación con el gerente de la oficina cuando salimos.

—Cole. Bailey. —Él asiente en nuestra dirección.

Bailey se sorprende de que él sepa su nombre, pero le aprieto la mano.

Me aclaro la garganta.

—Bailey, este es, em, el Intendente Green, que también es nuestro Alfa.

La desaprobación llega al rostro de Green por la traición a mi manada, pero enderezo la espalda.

—Alfa Green, cuando hablamos en la reunión, mentí acerca de Bailey. Ella *sí* es mi novia.

Green me mira con el entrecejo fruncido.

—Eso está prohibido, Cole.

—Hay más. Ella sabe acerca de nosotros. —Trago la desaprobación en su rostro—. Lo sabe porque fue acorralada y mordida por un lobo la última luna llena.

—*Qué. Lobo,* —exige saber Green, la furia arde en sus ojos.

Dudo. Delatar a otros nunca ha sido lo mío. Pero mordió a mi novia. Y acabo de prometer darle todo lo que necesita. Eso incluye justicia.

—Ben Thomasson.

—Ya veo. —Green observa a Bailey con una expresión inescrutable. El personal de la oficina, todos transformistas, miran con ávido interés—. Bailey, lo siento por las experiencias que has tenido, tanto con Ben Thomasson como con el profesor de esta escuela. Espero que Cole te haya mostrado una mejor parte de Wolf Ridge.

Ella me mira con ojos suaves y me aprieta la mano.

—Definitivamente.

—¿Tu mamá sabe acerca de nosotros?

Ella se sorprende.

—Mi mamá. No. Se suponía que la llamara.

—¿Cole tiene tu juramento de que guardarás el secreto?

—Sí, señor. No sé cómo supo de decirle señor, pero hizo lo correcto.

Green toma uno de los periódicos.

—¿Nunca habrá una exposición así de la manada, verdad?

Bailey niega con la cabeza.

—Nunca, señor.

—Tampoco se lo dirás a tu madre o a ningún otro humano.

—No, señor.

—Gracias, Bailey. Apreciamos tu contribución y la de tu madre en Wolf Ridge. —A mí me dice—, Cole, mentir y romper las reglas de la manada tiene consecuencias.

—Sí, señor, —respondo.

—Espero completa honestidad en todas las comunicaciones.

Levanto el mentón para mostrarle la garganta y probar mi sumisión.

—Lo sé, señor.

—Pero entiendo que tu vida privada ha sido difícil últimamente. Ya has cumplido tu castigo. La manada les falló a ti y a tu hermana. Es momento de involucrarnos y hacer algo respecto a tu padre.

—Lo tengo bajo control, señor.

—¿Así es? —Green levanta las cejas. Bailey voltea sus grandes ojos café hacia mí.

—Así es. Lo dejé trabajando en Circle K esta mañana. Jack Brown le dio trabajo.

Bailey me aprieta la mano, sigue buscando mirarme. El Alfa Green asiente.

—Me alegra escuchar eso, Cole. Lamento si te fallamos a ti y a tu hermana estos últimos meses.

—Así fue, —digo porque ahora estoy siendo honesto—. Y acepto la disculpa.

Esto le saca una sonrisa a la fuerza al alfa, pero no hay tiempo de más porque el alguacil lleva y Bailey y yo tenemos que declarar.

Terminamos cuando suena el último timbre. Siento la tensión de Bailey mientras salimos hacia el mar de estudiantes y avanzamos por los pasillos.

—Ey. —Pongo un brazo protector a su alrededor y la traigo a mi lado—. Te tengo, bebé. De ahora en más. Lo prometo.

* * *

Bailey

Caminar por la secundaria Wolf Ridge con el rey del baile de bienvenida y mariscal de campo estrella, como mi acompañante es una experiencia totalmente nueva.

La multitud se abre ante nosotros. La gente nos admira. Me sonríen. Me hablan.

—Hola, Bailey.

—Hola, Bailey.

—Ey, Bailey.

—Qué bien, Bailey.

Me sonríen, me saludan y me chocan los cinco todo el camino. Cada uno de ellos baja aún más mis defensas. Hoy, me expuse ante toda la escuela. Y me recibieron.

Estoy temblando cuando llegamos a mi casillero. No por miedo. Sólo emoción.

Cole se pone detrás de mí y me envuelve la cintura con un brazo, abre la palma sobre mi barriga.

—Estás temblando, Rosa, —murmura—. ¿Estás bien?

Asiento, caen un par de lágrimas.

—Es lindo que te reconozcan, —digo y volteo para verlo—. Supongo que eso para cuando me acompaña el rey de los alfa-diotas.

Él niega con la cabeza.

—No. Esa fuiste tú. Fue el artículo que escribiste. Ganaste su respeto, no es gracias a mí. —Él me lleva a su pecho y me abraza fuerte, presiona los labios contra mi cabello—. Pronto me presentarán a mí como el novio de la periodista.

—Ja. —Me río contra su pecho. Se siente tan bien tocarlo otra vez. Sentir su fuerza y solidez. Respirar su aroma y saber que me apoya. Muerdo su músculo pectoral a través de su camiseta.

—Ey. —Él se ríe y se mueve hacia atrás—. Te lo debo estar contagiando. ¿Intentas marcarme?

—No tengo idea de qué significa eso, pero suena divertido.

Sus ojos brillan de color amarillo por un momento y me pone contra los casilleros.

—Ten cuidado con lo que deseas, pequeña humana, —murmura en mi oreja derecha antes de atacarme con su boca.

Epílogo

C*ole*

Recién duchado y cambiado, lleno de endorfinas tras el partido, los alfa-diotas trotamos saliendo del vestuario y empujamos entre la multitud que está en el estacionamiento.

Destrozamos a Cave Hills. Son nuestro mayor rival, no porque jueguen muy bien, al menos no al fútbol. Los padres de los humanos ricos no los dejan jugar deportes porque lo de las contusiones. No, la rivalidad se debe más a la proximidad y la disparidad económica entre nuestras dos comunidades.

Bo mira la multitud en dirección al estacionamiento del equipo que recibimos.

—¿A quién buscas? ¿Se fue en sesenta segundos?

—Cállate. No la llames así.

—¿Está aquí? —Yo también empiezo a mirar porque quiero ver a la humana que tiene las bolas de Bo en sus manos.

Un momento después, se queda tieso. Sigo su línea de visión hacia una humana alta, de piernas largas que les lleva una cabeza a los chicos a su alrededor. Es sorprendente en su tamaño, pero también hermosa, con cabello largo, color caramelo.

—Los veo después chicos, —murmura Bo, yéndose.

—Claro que sí, —le grito.

Mis propias bolas se tensan en anticipación a encontrar a Bailey entre la multitud.

La veo parada junto a su coche con Rayne, pero las dos no están solas. Hay un grupo de chicas reunidas, hablándoles y riendo. En las últimas semanas, Bailey se ha integrado más y más en la estructura social de Wolf Ridge. Eso significa que Rayne también porque Bailey no es el tipo que abandona una amiga cuando cambia su estatus social.

—Rosadeliciosa, —le llamo mientras me acerco y luego corro para tomarla por la cintura y ponerla sobre uno de mis hombros.

Ella se ríe, sus muslos aprietan mi pecho y espalda mientras se mueve un metro por encima de todos los demás.

—Agrandado.

Le muerdo el muslo interno y ella se moja las bragas. El aroma me hace gruñir. Me encanta moverla como a una muñeca, mostrar lo mucho más poderoso que soy comparado con ella. Darle una razón para extasiarme conmigo

He estado rompiéndome el lomo para probar que valgo la pena como novio. Cada vez que puedo muestro en público que la reclamo: la levanto, la llevo, le doy la mano, la pongo en mi regazo en el almuerzo. A ella le encanta todo eso. Me mira con esos cálidos ojos café y me hace sentir como un héroe.

Hubo una pelea con mi papá al respecto. Una corta en la que tuve que mostrar mis ojos y colmillos de lobo y decirle que mejor la respete o que se arruinaba todo y él cedió. Es un trabajo en proceso. Ha estado sobrio dos semanas, yendo a reuniones de AA todas las noches y trabajando en el almacén todos los días. Está depresivo y rendido, pero al menos no está borracho.

Es un hombre inteligente y capaz. Al menos solía serlo. Solucionará su mierda.

—¿Qué sucede, Rayn-a? —Le choco el puño a la enana, quien intentaba pasar desapercibida—. ¿Sales con nosotros hoy?

—Claro. —Ella se encoje de hombros como si juntarse con nuestro grupo fuera normal y no acabara de pasar de marginada de segundo año y juntarse con la realiza del último año.

—Bájame, Cole. —Bailey se retuerce. Estar sobre mi hombro está excitándola mucho para su comodidad.

La paso y la bajo hasta estar en mi cintura, con mi antebrazo debajo de su trasero. Ella pasa los brazos alrededor de mi cuello y me besa. Quiero sacarla de aquí sola. Llevarla a la cabaña de Austin y hacérselo a más no poder.

Pero está disfrutando lo social. Y se lo quité mucho tiempo como para negarle siquiera una noche de fiesta y diversión.

Pongo a Bailey a un costado, sobre mi cadera, como sostiene una madre a un bebé.

—¿Cuál es el plan, Austin? ¿Eres nuestro director social, verdad?

Austin se encoje de hombros.

—¿Meseta?

Mismo plan de siempre, sólo que ahora es diferente. Ahora lo veo con los ojos de Bailey y es todo fresco y nuevo. Está teñido de entusiasmo y electricidad sexual. Le muerdo el cuello a Bailey.

—No puedo esperar a estar contigo, —murmuro en su oído.

Ella se mueve inquieta sobre mi cadera, frota su clítoris contra mí.

La llevo al costado de mi camioneta y empujo su trasero contra ella, me muevo para ponerla de nuevo sobre mi cintura. Empujo el bulto de mi miembro contra la unión entre sus piernas.

—Austin dijo que la cabaña es nuestra esta noche. A menos que Bo aparezca con su sensual ladrona de coches y tengamos que pelearnos por ella.

—Tú ganarías, —ronronea—. Pero hay más de una habitación.

—Lo sé, Rosa, pero por mucho que me guste sostenerte y taparte la boca cuando lo hacemos, también quiero escucharte gritar. —Muevo mis caderas hacia atrás y luego vuelvo a empujar—. Y esta noche gritarás mi nombre hasta que se quedes sin voz.

Su sonrisa se agranda un millón de veces.

—¿Lo prometes?

Gruño porque no sé cómo esperaré hasta tenerla a solas.

—Honor de lobo.

* * *

¿Quieres leer lo que sucedió cuando Cole se metió por la ventana de Bailey? Hay una escena extra disponible sólo para los suscriptores de mi boletín informativo. Si no eres miembro, inscríbete aquí: https:// www.subscribepage.com/reneerose_es

Gracias por leer mi primer «romance de bravucón». Espero que te haya gustado. Si así fue, valoraría tu reseña y recomendaciones. Hacen una gran diferencia para autores indie.

Libro Gratis de Renee Rose

Quiere un libro gratis de Renee Rose? Suscríbete a mi newsletter para recibir **Padre de la mafia** y otro contenido especialmente bonificado y noticias de nuevos. https://BookHip.com/NCVKLK

Otros Libros de Renee Rose

Hombres lobo de Wall Street

Un Gran Jefe Malvado: Medianoche

Un Gran Jefe Malvado: Lunático

Un Gran Jefe Malvado: Marcada

Un Gran Jefe Malvado: Su pareja

Osos malvados

El reclamo del alfa

Vegas Clandestina

Rey de diamantes

Padre de la mafia

Sota de picas

As de corazones

El comodín del Loco

Su reina de tréboles

La mano del muerto

El comodín

Rancho Wolf

Áspero

Salvaje

Feroz

Rudo

Indomable

Implacable

Dos Marcas

Rebelde - GRATIS

Tentada

Deseada

Seducida

Alfas peligrosos

La tentación del alfa

El peligro del alfa

El premio del alfa

El reto del alfa

La obsesión del alfa

El deseo del alfa

La guerra del alfa

La misión del alfa

El tormento del alfa

El secreto de alfa

La presa del alfa

La sangre del alfa

El sol del alfa

La luna del alfa

El juramento del alfa

La venganza del alfa

El fuego del alfa

El rescate del alfa

Alfa de Montaña

Héroe

Rebelde

Guerrero

Secundaria Wolf Ridge

Alfa Bravucón

Conoce a la autora

RENÉE ROSE, LA AUTORA BESTSELLER EN USA TODAY, ama los héroes dominantes, ¡los machos alfa que saben hablar sucio! Ha vendido más de un millón de copias de tórridas novelas románticas con diferentes niveles de sexo no convencional. Sus libros han sido presentados en el Happily Ever After de USA Today y en Popsugar. Nombrada en el Eroticon de los Estados Unidos como la Próxima Autora Erótica Top en 2013, ha ganado también como Autora Preferida en Ciencia Ficción y Antología Valiente y Atrevida y con la mejor novela romántica histórica en The Romance Reviews. Figuró catorce veces en la lista de USA Today con su serie Rancho Wolf y varias antologías.

**Suscríbete a mi newsletter para recibir contenido especialmente bonificado y noticias de nuevos lanzamientos en Español.

https://www.subscribepage.com/reneerose_es

www.ingramcontent.com/pod-product-compliance
Lightning Source LLC
Chambersburg PA
CBHW070526100726
47907CB00004B/999